目次

プロローグ

久しぶりにはいた喪服のズボンがきつかった。

中原淳《なかはらあつし》は、喪服を着るのは二年ぶりかなと思い、ズボンの腹回りを調整しようとしたが、ウエスト幅は既に最大になっていた。この日のことは想定していたが、こんなに突然に訪れるとは思っておらず、喪服の新調が間に合わなかったのだ。

腹を凹めてもう一度ボタンを留めてみるが、早々に諦めざるを得なかった。

「ママ、喪服がきつくて入らないから、黒っぽいスーツでもいいかな?」

妻の智恵子《ちえこ》に尋ねた。

「もう、本当の身内だけだから何でもいいわよ。それよりも私の見てよ。背中のファスナーが半分しか上がらないから上着を脱げないわ」
と、屈託なく笑っていた。

バブル時代に大流行した、不倫を扱ったテレビドラマの舞台にもなった住宅街。大通りには楓が行儀良く整列している。淳はフロントガラスにまとわりつく小雨をワイパーで拭い取って、紅葉した並木を眺めながら駅から九つ目の信号を確かめて左折した。

叔母の家の前に車を止め、智恵子がインターホンを押すと、喪主となる加藤貞子《かとうさだこ》が喪服に着替えて待っていた。

淳が前日から準備していた荷物を車に積み込む間、智恵子は貞子の背中に手を添えて外出を促していた。

外は湿気を帯びた冷気で満たされ、身震いした。

車に乗り込むと智恵子が手を擦りながら言った。

「パパ、暖房、最強にして」

斎場は初めて訪れる場所であったので、淳はナビゲーションどおりに運転した。すると見覚えのある大通りに出た。私鉄沿線楓台駅の駅前大通りだ。洒落たカフェやフラワーショップが街並みに彩りを添えている。

「あれ？　先週ここの銀行でお客さまセミナーやったんだ」

淳はつぶやくように言った。

「偶然だね」

智恵子が返す。

〝目的地近くです〟

ナビゲーションのアナウンスが二人の会話を遮った。

辺りを見回すと、特に厳かな雰囲気もなく、むしろ人通りが多くにぎやかだ。

ここは住みたい街ベストテン常連の人気の街だ。

「ママ、斎場の住所をもう一度確認してみてくれるかな」

智恵子はパンフレットの裏表紙の住所を確認する。

「この辺でいいみたいよ」

「こんな街中に斎場があるのかな」

淳はつぶやきながら車を進めた。

ベビーカーを押す若いカップルの姿が多い。若い夫婦たちをゆっくりと追い越しつつ、ビルの看板を目で追っていった。

学習塾に英会話、さまざまな教室の看板が色とりどりに競い合って自己主張している。

ベビーカーの中の赤ちゃん、両手をつないで足をバタつかせて無邪気に喜ぶ子どもたち、これからの未来を生きていこうとするエネルギーに溢れた街に〝死者を葬る〟場所はそぐわないように感じた。

淳は車を脇に止めてナビゲーションの地図を拡大してみた。確かにこの近辺であることは間違いないようだ。

「あそこじゃないの」

智恵子が指さす方を見ると、メモリアルホールの飾り気のない小さな表示が出ていた。

イタリアンレストランと雑貨店、ベビー用品店の入ったビルの角を左折すると、急な下り坂になっている。奥に長いビルに沿って進むと、ビルは裏道まで続いている。さらに左折をすると、ビルの裏側は地階となり、大きく開いた駐車場が斎場の入り口になっていた。

ビルの表と裏で生と死が背中合わせになっていたのだ。

案内された部屋に入ると、そこは二十畳ほどの和室になっていた。蛍光灯の明るさが地階を感じさせない。白い壁に白い天井、掃除の行き届いた清潔な部屋、障子を開けると湯煙が眺められる温泉宿の広間のようなガランとした空間だった。ただ、そこには今日の目的を忘れさせないためにでもあるように、一つの木箱が安置されていた。

「いろいろと準備してきたつもりだったけど、何だか何もできてないような気がするわ」

智恵子がつぶやいた。

「叔父さんのこと、ママはよくやっているよ。葬儀の準備もここまでできているんだからすごいよ。覚悟はしていても、いざとなってみると何だか実感がないものだな。確かにもっといろいろやっておくべきことがあったような気もする。入院してから結構大変で、随分と長い時間がたったけれど、あっという間だった気もするよな……。何だか、本当に……ずっとずっと続くと思っていた夏休みが突然終わってしまうように、人生にも必ず終焉が訪れるってことだな」

淳が応えた。

「そうねえ……、叔父ちゃん、夏休みの宿題はちゃんと仕上げることはできたのかしらね？」

斎場にて

淳と智恵子、貞子の三人は、何かできることから手をつけようと思うも、何をやるべきかを探すかのように、たった一つの木箱以外何もない部屋の中をそれぞれに見回していた。

しばらくすると、吉原《よしはら》と名乗る担当の男性が大きな荷物を抱えて入ってきた。これからの流れについて説明すると、智恵子は既に電話で話し合っていた内容らしく、一つ一つうなずきながら確認している。一通りの説明が終わると柩を中心に手際よく、祭壇の体裁を整え始めた。

柩の中の故人の名前は、加藤八十八《やそはち》。末広がりの良い名前だと思う。享年七十八歳。

残念ながら名前の八十八には十年足りなかった。静岡の山村の出身で、カメラマンになりたくて若いころに東京に出てきたそうだ。福岡出身の貞子とは東京で偶然出会い、付き合いが始まり夫婦となったらしい。貞子は八十八のことを布施明みたいでハンサムだといつも口にしていた。貞子自身も目鼻立ちがハッキリした洋風の顔立ちで、若いころには相当の美人であったことがうかがえる。美男美女の夫婦が四十年連れ添って暮らしてきたが、子どもはいない。数年前に貞子が糖尿病と肝臓がんの疑いから検査入院をするにあたり、一番近くの身寄りである智恵子が、母の輝子《てるこ》の言いつけで、身の回りの手伝いなどをするようになったのだ。

智恵子は、福岡の実家を出て東京の短大に入学し、ミーハーな流行りのテニスサークルで淳と出会った。当時の成人の日は一月十五日で、智恵子は二年生の学年末の試験などで福岡には戻らず東京にいたため、地元の成人式の招待状も届かなかった。そのため、智恵子は淳とともに赤坂の日枝神社にお参りに行き、成人の日を祝うことにしていた。福岡の両親は娘のために振り袖を誂え、事前に一緒に記念写真を撮ったものの、成人の日当日は神奈川に居住する輝子の妹、智恵子にとっては叔母にあたる貞子に成人式の一切を委ねていた。淳が最寄り駅まで迎えに行くと、智恵子は振り袖姿で貞子と一緒に待っていた。貞子の第一印象は宝塚スターの人ってこんな感じなのかな?というものだった。淳は貞子に初めてのあいさつをし、振り袖姿の智恵子を引き取るように街に連れ出した。一方、淳と八十八の初対面は、智恵子との結婚式の前日、たくさんの親族の中の一人でカメラマンとして紹介された時だった。まだ現役の出版社に勤めるプロカメラマンで、一目でそれと分かる大きなカメラを抱えていた。

その八十八がサラリーマンを定年退職後に趣味としていたのが能面打ちだった。彼の創作した能面が智恵子の手で並べられている。壁際に置いた事務机にテーブルクロスを掛け、黒いビードロを張った額に掛けられた能面を並べてみると、あたかも展示会のような趣になってきた。百を超える遺品の中から智恵子と貞子が選んだ秀逸だ。

淳は、智恵子から八十八が自分の作品で個展をやりたがっていると聞いたことがあった。能面創作のグループによる発表会で海外数カ国を巡ったことは聞いていたが、個展を開いてみたいという想いはどれくらいのものだったのか、今では確認することもできない。

能面の飾りつけが整ってくると祭壇らしくなってきた。祭壇の真ん中に八十八の遺影を置く。髭面に作務衣姿は貞子の好みではないようだが、能面師の雰囲気があり淳と智恵子が推した写真だ。

智恵子は出来上がった祭壇の能面について、一つ一つ吉原に説明している。八十八が施設に入るようになり、その作品をどこかで何かの役に立ててもらおうと整理した際に得た知識だ。小面のような初心な小娘も、いずれ角が生え般若に変わっていくような話を実際の能面で解説しているらしい。吉原は話を聞き終わると、この後に〝ゆかんのぎ〟があることを伝えた。

淳、智恵子、貞子の三人は耳慣れない〝ゆかんのぎ〟という言葉に顔を見合わせる。淳と智恵子は年長の貞子の顔をのぞくが、貞子も首を振り知らないことを無言で伝える。

その気配を察した吉原は、〝ゆかんのぎ〟とは、遺体を洗い清め、髪を整え、お化粧を施すことだと説明した。

吉原は三枚の座布団を並べて敷くと三人を促した。

「叔母ちゃん、良かったねぇ、叔父ちゃんのことをきれいに洗ってくれるんだって」

智恵子は無邪気に喜んでいる。

「そうねえ、何するんだろうねぇ」

貞子は分かったような、分からないような生返事だ。

淳はむしろこんな座敷の部屋でどうやって洗うのか気になっていた。

そうこうするうちに、三十代くらいであろうか、若い男女二人が看護師が着るようなユニフォーム姿で現れた。慣れた様子で、手際よく座敷にシートを敷いてベッドのような平たい風呂桶を整えると、礼を尽くすように恭しく八十八の遺体を柩から移してベッドに寝かせる。二人が息を合わせて、さも当たり前のように堂々と行動する姿は、驚きながらもただ行為を見つめている淳、智恵子、貞子の三人を、〝湯灌の儀〟とはそういうものなのだと納得させた。

二人は八十八の遺体に大きなタオルをかけると、その中に素手を入れてお湯で体を洗っていく。遺族たちには肌が見えないよう気を遣いながら、丁寧に、丁寧に洗っていく。洗う部位が変わるたびに恭しくあいさつをして、髪も手も足も、本当に丁寧に洗ってくれた。八十八は入院をしてからも入浴はしていたのであろうが、こんなに丁寧に洗ってもらったことはきっとないのだろうと思うと、若い二人に対して感謝の気持ちが湧いてくる。

〝湯灌の儀〟は最後まで、しっかりした儀式として整斉と執り行われ、最初に敷いたシートを片付けると、何事もなかったように、畳には水濡れの染みひとつもない部屋に戻った。

「『おくりびと』みたいだったね。すごいね。きれいにしてもらって、叔父ちゃんも良かったね」

興奮気味に言う智恵子の目から涙が流れ落ちる。

「本当にねぇ、ありがたいです……」

貞子も応じる。

〝湯灌の儀〟が済むと、部屋は再びガランとした空間に戻った。余韻に浸り三人がぽつんと佇んでいると、お坊さんが訪ねてきた。突然目が覚めたように三人はそれぞれに部屋を見渡すが、時計のないことに気が付く。

「あら、もうそんな時間かしら?」

智恵子は時間を確認しようとハンドバッグから携帯を取り出す。

「もう四時だよ」

淳が腕時計を確認して答える。

障子の外側から蛍光灯で照らされている地階の部屋は日が暮れないのだ。冬至に間もない一年で一番日の短い時期だけに、外は既に外灯が灯され始めているころだろう。

お坊さんは簡単なあいさつを済ますと身支度を始めた。法衣に着替えると祭壇を整え始める。持参した大きな鞄からいろいろな仏具を取り出し、自身が座った位置と一つずつ仏具の場所を確認しながら整えていく。鈴や木魚の音色が空気を染めると、室内の質感が一気に変わった。

通夜の時間に合わせ、智恵子の兄、貞子の甥にあたる山田鉄平《やまだてっぺい》が訪ねてきた。妻の文恵《ふみえ》と学ランの中学生の鉄也《てつや》も一緒だ。鉄平は学生時代、東京に出てきた最初の一年間を貞子の家で下宿をしていた。八十八にもお世話になっている。そして淳は鉄平の大学の後輩にあたる。

鉄平の姿を確認すると、貞子は夫の通夜であることを忘れたかのように大声を上げる。

「まぁ〜鉄平ちゃん、肥えたわね〜！　もぅ、顔も真ん丸になっちゃって、おかしいわねぇ」

貞子は鉄平と顔を合わせるたびに、初めてのように感嘆する。

「鉄也ちゃんは、鉄平ちゃんの子どものころと一緒ねぇ、本当にそっくり、かわいかねぇ」

鉄平の幼少時代に瓜二つの鉄也に向かってもいつもと同じように驚いている。最後には必ず博多弁に変わっていく。

「本当に鉄也ちゃんは、お兄ちゃんの子どものころにそっくりね、かわいか。あ、もうかわいいとか言っちゃいけないのよね、鉄也ちゃんも中学生だものね」

智恵子も博多弁を交えて続ける。

「そうなんですねぇ……」

妻の文恵は鉄平の幼少期を知らないので、照れる息子の顔に視線を向けて、今からではとても想像のつかない夫の過去をのぞくように見つめている。


続けて姪の太田幸子《おおたさちこ》が訪ねてきた。智恵子の従姉妹にあたる。ダウンコートを着て真冬の出で立ちだが、それでもまだ寒そうに手を擦っている。

「智恵子ちゃん久しぶりやね～」

「ほんと、幸子ちゃん、元気にしていた？　今日はわざわざありがとうね。叔母ちゃん、幸子ちゃんよ、覚えている？」

智恵子は貞子の顔をのぞくと、貞子は気のない顔をしている。

「ほら、咲子《さきこ》叔母ちゃんのところの幸子ちゃんでしょう」

「ああ、咲子ちゃんのところの幸子ちゃん……。よく来てくれましたね、ありがとうございます」

貞子は姪の幸子に向かって丁寧に頭を下げる。

間もなく時間に合わせるようにずっとお世話になっている民生委員の松島《まつしま》さんとヘルパーの高田《たかだ》さんがコートを抱え、マフラー、手袋を取りながら入ってきた。最後に息をきらしてセーラー服姿で駆け込んできたのが、智恵子たちの娘で高校生の美恵《みえ》だった。

「これで全員揃ったわね」

智恵子がつぶやいた。

十人の参列者が揃ったところで、厳かに、粛々と通夜のお経があげられた。どのくらい時間がたったか、お経が終わってお坊さんが振り返り、足を楽にしてくださいと促した。慣れない正座を強いられていた十人は、思い思いに体勢を崩し始めた。

体の重い山田鉄平は、唸り声を上げながら前につんのめり、頭で体を支えるようにして足を浮かしている。学ランの鉄也は悲鳴を上げてうつ伏せに倒れると、バタ足でもするように畳を叩いている。美恵はセーラー服のスカートを気にしながらもハイハイをしている。淳も後ろ手をついて足を伸ばすと思わず声が出た。厳粛な空気が一転して笑いに変わった。

「叔父ちゃん、笑っちゃってゴメンね、もうムリ！」

智恵子も足を投げ出し、擦りながら声を出して笑っている。

ようやく痺れも治まってくると、民生委員の松島さんとヘルパーの高田さんは貞子に、気を落とさないようにと声を掛けて帰っていった。

お経の終わるのを見計らったようにテーブルが運び込まれて、通夜ぶるまいの準備が始まり、お坊さんを入れて九人の食卓の席が整った。

智恵子は貞子に促すように声を掛けた。

「叔母ちゃん、今日は叔母ちゃんが喪主だから、ちょっとだけごあいさつしてもらえるかしら」

「ああ、そうね……」

貞子は頼りなげに応えた。

「本日は、主人の、加藤八十八の通夜にお集まりくださいましてありがとうございます………」

微妙な間に、智恵子は不安気に淳と目を合わせた。これであいさつが終わりなのか判断しかねているようだ。

「主人とはもう四十年も前に出会って一緒になりました。最初に出会った時の印象は、布施明みたいな人だなと思いました」

智恵子は〝来た〜〟という目付きで淳に訴えた。

「本当に真面目な人で、勤めもちゃんと最後まで続けてくれましたし、私に手を上げるようなこともありませんでしたし……、本当に優しい人でした。定年退職後には海外にもいろいろと行くことができましたし……、最後は本当に細かい仕事に集中し過ぎて、ちょっと頭もおかしくなって病院にも入りましたが、今思うと、本当に優しくて、申し分のない主人でした。私は本当にバカですから、何にも分からなくて、何もできなくて、智恵子ちゃんが全部やってくれて本当に助かっています。本日は皆さんお忙しい中、主人のためにお集まりいただきまして本当にありがとうございました」

智恵子は首を振りながらハンカチで目がしらを押さえている。

それぞれのグラスにビールが注がれると、智恵子が貞子にささやく。

「叔母ちゃん、今日はケンパイって言うのよ」

「あぁ、ケンパイね」

貞子は確認をする。

「それでは、皆さん本当にありがとうございました。献杯」

全員が「献杯」と唱和し、ビールを口にした。

「叔母さん、ちゃんと準備していたみたいにあいさつできて立派だったね」

淳は智恵子に小声でささやいた。

「私、感動したわ」

智恵子は涙を浮かべる。

「叔母さんは叔父さんと仲が悪いのかと思っていたけど、そうでもなかったんだね」

淳が続ける。

「そうねぇ、叔父ちゃん、認知症になってから何だか意地悪になっちゃったんだよ。意地悪っていうか、叔父ちゃん自身がきつかったんだろうな」

智恵子は遠くを眺めるようにつぶやいた。

斎場で出される通夜ぶるまいには特に期待もしていなかったが、思いのほか、立派なお膳が出され、美恵と鉄也は食べることに夢中だ。

「お坊さんもどうぞご一緒にお召し上がりください」

　智恵子が促す。

「何も考えずにお膳を用意してしまったのですが、もしかしたらですが、お坊さんはお肉とか召し上がれないものがあるのでしょうか？」

「大丈夫ですよ。昔はいろいろと厳しかったようですが、今の時代の坊主は時期にもよりますが肉でも何でも食べて良いので、遠慮なくいただきます」

　屈託なく答え、お膳に箸をつけ始めた。

「本日は心をこめて読経させていただきましたが、その間飾られたお面から八十八さまの魂が迫ってくるように感じました。ところで、叔母さまのごあいさつで八十八さまは入院をされていたとのことですが、長かったのですか」

「そうなんです。入院は二年くらいですかね。体は元気だったのですが、認知症が急に進んでしまったものですから……」

「そうですかぁ、認知症ですか……」

　智恵子は思い出すように話し始めた。

「いつごろからだったか叔父が、頭が痛いって言い出したんです。それまで喜怒哀楽みたいなことを表に出すような人ではなかったので、頭を抱える姿はきっと相当に痛かったのかと思います。

痛みが原因なのか、叔父はずっと穏やかというか静かな人だったのですが、あるころから急に何か癪に障ったのかよく分からないことで、叔母に対して声を荒らげたりするようになりました」

智恵子は貞子の方を見た。

「それまでの叔父は穏やかな印象が強かったので、突然に変わってしまった訳を叔母に聞いてみたんです」

少し表情が暗くなった貞子の顔色をうかがいながら、智恵子は続けた。

「そうしたら、少し前に、庭で叔父が慣れない剪定を始めたって言うんです。叔母も初めは様子を見ていたのですが、しばらく調子よくやっていたみたいなので、もう任せても大丈夫だろうと部屋に戻ってからです。外で大きな音がしたので出てみると、叔父がガレージのコンクリの上に倒れていたって」

智恵子の話に、貞子が当時のことを思い出して横から口を挟んだ。

「バランスを崩したみたいでねえ。梯子をつかんだまま後ろのガレージにひっくり返るように落ちてたんです。血は出ていなくて、私も冗談めかして『何、こんな所で寝ちゃっているの？』って声を掛けたんですけど、ふざけているようでもないし、ゆすっても、頬を叩いても反応がなくて」

「それで慌てて近所の民生委員の松島さんを呼んだのよね」

智恵子が続けた。

「ここからは松島さんから聞いた話なのですが、救急車を呼ぶよりも早いからと、松島さんのご主人が車を出してくださって、近くの総合病院に担ぎ込んだそうです。すぐに救急治療室に入れられて、ＭＲＩで脳スキャンをしてもらったのですが、何も異常はないということで、叔父も目を覚まして『コブができた』みたいなことを言って普通にしているので、その日はそのまま帰ったそうです」

貞子の様子を見ながら、智恵子はひと呼吸置いて再び話し始めた。

「私が叔父の様子がおかしいと気が付いたのは、それから一年か二年かたったころでしょうか。私に頭が何だかおかしいって言い出したのです。私は叔父が病院に運ばれたことは知りませんでしたから、薬でも飲めば治ると軽く思って頭痛薬を飲ませていました。でも叔父はいつまでも調子が悪いと言うので、叔母に何か思い当たる節はないか聞いてみたんですけど、特に何もないって……」

「いつも、あんな細かい仕事を一日中ずっとやっているから、頭もおかしくなるんですよ」

貞子が眉を寄せながら言った。

「叔母ちゃん、そうじゃないでしょ。それでも叔父の様子がおかしいので、さらに叔母を問い詰めたんです。そこで初めて頭を打ったことを知りました。その後たまたま松島さんにお会いする機会があったので、叔父の様子を話すと松島さんも心配してくださって、再検査をしてもらうことになったんです」

智恵子の話を、お坊さんは親身になって聞いていた。

「検査結果が出た時に姪の私も一緒に来るようにと病院に呼ばれて、叔母と二人で結果を聞きました。脳スキャンの写真がたくさん貼り出された部屋で、先生は丸い断面図の真ん中の小さな黒点を指して、外傷性の認知症の可能性があると言いました。まだ判断能力も十分にあり認知症とは診断できないけど、小さな黒点は脳にできた空洞で、徐々に大きくなっていくだろうと言われて……その時はショックで返す言葉が見つかりませんでした。

もちろん、叔父には言わずにいました。薬を飲めば治るよと励ましていましたが、認知症を治す薬はなく、進行を遅くする効果しかないということでした」

「頭をぶつけたことをきっかけに認知症になることがあるのですね」

お坊さんが思わず口を挟んだ。

ここまで話ばかりしていたことに気付き、智恵子はお坊さんに食事を勧めながらさらに話を続けた。

「叔母は以前から肝臓がんと糖尿病の持病があって、特に肝臓の方はカテーテル治療で抑えていて、もう年が年ですから転移とかはないようなんですが、今でも定期的に検査をして、数値が悪くなると手術が必要になるんです。そうすると一カ月くらい入院することになるのですが、初めて入院した時には、叔父もまだしっかりしていました。叔母はいつも何一つ家事のできない叔父のことを心配していましたが、さすがに叔父も一人になると必要に迫られて、食事はコンビニで買うことが多かったみたいですけど、ゴミ出しも初めてやりましたし、散歩がてら毎日お見舞いにも来ていました。たまにはどこで買うのかお花も持ってきて……。そのころは二人は意外と仲が良いんだね、なんて主人と話していたのです」

淳も当時のことを思い出して、うなずきながら聞いていた。

「ただ、叔父の調子が悪くなってからは、さすがに叔父を家に一人にするのが不安で、松島さんに相談しました。そうしたら特別養護老人ホームならショートステイができるらしく、すぐに手配をしてくださったんです。

叔父にはかわいそうだったのですが、一カ月だけだからって言い聞かせて、入ってもらうことにしました」

智恵子は末席に座っている娘の美恵の方に視線を移した。食事が途中ながらも従兄弟の鉄也とスマホを見せ合っていた。少し声のトーンを落として、再び話し出した。

「ただ、私もそのころは美恵のこともあって、本当に大変だったんです。ちょうど高校受験の時期でもあったのですが、県の書道大会の代表に選ばれてしまって、まあ名誉なことなんですけど、その時指導してくれたのが仙人みたいな先生なんです。住宅街からちょっと入った途端に街灯もないようなうっそうとした森があって、その奥の山小屋で書道を教えているんです。良い先生なんですけど、夕方にはすぐに薄暗くなるので迎えに行かないと心配だったのです。週に何日も練習があるのですから」

子どもたちは智恵子の話に無関心のようだった。

「そんな訳で、そのころの私の生活は、美恵が学校に行くと、車で叔母のお見舞いに行き、その足で叔父の様子を見に行って、書道教室の時間までには帰ってくるという毎日でしたから、もう私自身も本当にきつくて、大変だったのです。

入院した叔母のことは、私にできることは何もありませんので、お医者さんにお任せするしかないのですが、これがまた、叔母が元気でやんちゃなものですから、病室を脱走するんです。ダメだって言われているのに勝手に売店で買い食いしたりして、子どもじゃないんだから、それを私が怒られるっておかしくないですかね？　しまいには叔母のベッドの前には踏むとナースセンターに通じるブザーが鳴るようなマットを敷かれてしまったりで、本当に勘弁してよって感じでした」

貞子の方を見ると、悪気があるようなないような恥ずかしげな笑みを浮かべ、おどけていた。

「叔父は叔父で、様子を見に行くと、荷物を全部鞄に詰めて『帰る、帰る』って訴えるものですから、それがかわいそうで本当につらかったんです。家に一人にするわけにもいかないので、もう少しだからねって、私が帰る時には後ろ髪を引かれるようで心苦しかったですね。

そんなこんなで美恵の書道教室に合わせて急いで帰ってくると、美恵は毎日迎えに来なくていいって言うし、本当に腹が立つ。腹が立つって言えば仙人先生もバス停まで送ってくれれば良いものを、書道以外に関心がなくて中学生の女の子を一人で帰らせるんですからね。私だって山小屋のある暗い森の中を一人で歩くのは怖いくらいなのに、美恵に何かあったら取り返しがつきませんから。

もう、あのころは車で高速を使って片道一時間のところをグルグル回る毎日でした」

「大変だったのですねぇ」

智恵子の話を聞いていた太田幸子は、同年代の従姉妹同士で子どもの年齢も近いことから、恐縮しつつ声を挟む。

「母の言いつけですから仕方ないです」

智恵子は険のある返事をする。貞子の姉である輝子は福岡で一人暮らしをしているが、貞子とはよく連絡を取り合っているらしく、一番近くに住む智恵子に貞子の面倒を見るように言いつけていたのだ。

確かに福岡から比べれば近いかも知れないが、高校受験を控えた娘が山小屋の書道教室に通っている時に、高速を使って片道一時間かかる叔母の病院と叔父の施設を回ってくることは、かなり負担に感じていた。

「特別養護老人ホームはショートステイという制度があるのですね」

お坊さんが気まずい雰囲気を取り繕うように尋ねた。

「そうなんですよ。施設に入るにしてもお試しってことなのでしょうね。それに、在宅介護をしているような場合でも、どうしても家を空けないといけない事情ってあるでしょうから、そういう時に預かっていただけるみたいです。叔父も、叔母の入院に合わせて一カ月間のショートステイとして入所してもらいました」

智恵子の言葉に、淳が続けた。

「僕も叔父が入所してすぐにお見舞いに行ったんですけどね。外観やエントランスとかもちょっとした高級なマンションふうで、看板が出ていなければ外からはそこが施設だとは見分けがつかないくらいでしたね。室内も清潔に維持されていましたし、施設の従業員の方も身ぎれいにしていましたから、印象はとても良かったです。

叔父の部屋は三階で、施設の職員の方に一緒に上がってもらったのですが、エレベーターを降りて言われたことは、ここのボタンは職員のカードがないと押しても反応しませんからお帰りの際には必ず声を掛けてくださいということでした。

エレベーターの前はホールというか回廊になっていて、共有スペースになっているんです。叔父の部屋まで案内してもらい、引き戸を開けると六畳くらいのワンルームは、バリアフリーでバスルームやミニキッチンもあって、小さな棚の上にはテレビも備え付けられていました。正面には大きな窓があり、陽が長閑に差し込んでいました。

建物は口の字になっていて中庭に向かって内側に個室が配列され、個室を囲む回廊が共有スペースになっているのです。僕の感覚ではとても快適な住環境に見えましたよ」

淳の説明を、お坊さんは興味津々で聞いていた。

「それから、叔父を探しに回廊をぐるりと回ってみました。ゆっくりゆっくり手すりを支えに歩行している人、車椅子で進んでいる人、椅子に腰掛けて空を見つめている人、テーブルを挟んで黙ってお茶を飲む人、音の聞こえないテレビを眺めている人、時間から取り残されたようなフロアの中に、壁際の椅子に腰掛けた叔父さんを見つけました。

智恵子が『叔父ちゃん、お見舞いに来たよ』と声を掛けましたが、『ああ』と手を上げて返事をするも、視線はおぼろげで、入所前に比べて急に弱々しくなった印象を受けました」

お坊さん、智恵子と太田幸子は、箸をすすめながら淳の話を聞いていた。智恵子が淳の空いたグラスにビールを注ぐと、喉を潤すように一気に流し込んで、淳は続けた。

「叔父は達観したような、というよりは逆に何かを諦めたような表情でした。僕らが視界に入っていることは間違いないのですが、大きく反応することもなく、例えば朝目が覚めると必ず欠伸をするような、無意識の中での所作であるように手を上げて応えたんです」

淳と智恵子は、同じ時間を共有した同志として、その時のことを回想していた。


二人は空いている椅子を移動させて八十八を挟むようにして座った。

「叔父ちゃん、調子はどう？」

智恵子の声掛けに、特に応えることはなかった。施設の女性職員が三人分のお茶を出して、

「加藤さん、今日は姪御さんたちが来てくれて良かったわね」

と八十八に声を掛け、

「ごゆっくりしていってください」

と智恵子に声を掛けていった。


喧騒とは対極にある静寂な時間がゆっくりと、ゆっくりと流れていた。日常の生活

ではあまり体験することのない静けさが、かえって居心地の悪さ、不慣れな空気を感じさせる。三人の瞳にはスローモーションの映像のように音もなく、明確な目的もなく少しずつ、少しずつ移動していく人たちの姿が映っていた。

「ここは学校なんだよ」

長い沈黙の後、八十八が口を開いた。

「学校なの？」

と智恵子が聞き返すと、「そう学校なんだよ」と明確に答えた。智恵子と淳は目を合わせた。

八十八は二十代くらいであろうポロシャツの制服を着た若い男女の職員四、五人が作業をしている方を指さした。汚物などの清掃に使うのであろうか、彼らはカウンターの上で大量の新聞紙を裁断している。

若い職員たちを指さして、「あそこにいるのが生徒なんだ」と言う。

「みんな何を勉強しているの？」

と智恵子が尋ねる。

「ここは折り紙の学校なんだよ」

「叔父ちゃんも折り紙習っているの？」

「いや、折り紙は生徒が習っているんだ。ここは折り紙の学校なんだよ」

「折り紙の学校なんだ」と、淳も繰り返した。

智恵子が「叔父ちゃんの部屋を見せてほしい」と言うと、自分で先導して部屋まで案内した。「きれいにしているね」と声を掛けられると、八十八は意を決したように「もう帰ろう」と鞄を手に取った。その口調は、まるで今にも怒りが爆発することを抑えたような厳格なものだった。


この通夜ぶるまいの席で、淳は再び口を開いた。

「叔父の荷物は棚に入れられることなく、ずっと鞄に入ったままで、いつでも帰れるようになっていました。施設の方にも『もう帰る』と口癖のように言っていたようです」

「事件があったのは、すぐ後だったわね」

智恵子が続けた。

「叔父にはかわいそうだったけど、私たちも引き取ることもできないし、叔母は入院しているし、美恵は受験生だしで、後ろ髪を引かれる思いで施設を後にしました。

そうしたら平日の夜中、一時過ぎですよ。そんな時間にろくな電話はかかってくるわけないし、番号を登録していたから施設だって分かりましたけど、あの時はびっくりしました。施設の職員が『申し訳ございません』ってお詫びするんです。よく話を聞いてみると叔父がトイレに立って、途中で転んで足を骨折したって。

私はどうしたら良いですかって聞きましたよ。そうしたら近くの総合病院に救急搬送してそのまま入院させたので、今から来てもらっても何もすることはないので、後日入院の手続きなどで来てほしいって」

一同は固唾をのんで智恵子の話を聞いた。

「もう、叔母は肝臓がんと糖尿病で入院、叔父は足を骨折して入院ってどういうことよって感じでしたね。自宅に一人でいたら危ないから、安全な施設に預けたはずなのに、結局、片足をギブスで固められてしまっているから動けないんです。

叔父も体が丈夫な人でしたから、ベッドでじっとしているのが嫌で、ギブスしたまま歩こうとするらしいんですけど……。

認知症も進んできていて、状況をよく理解できないし、周りは知らない人ばかりだったので余計に精神的にまいってしまったんでしょうね。

私がお見舞いに行った時には、『もう帰りたい』って泣くんですよ。私は、『ごめんね、ごめんね』って謝ることしかできなくて。

そんな大変な時に、叔母は叔母で、また部屋を抜け出して、売店で勝手に買い食いして看護師さんから私が注意を受けたりすると、本当に私って何なのって思いましたよ。私が怒って叔母にしおらしくされると、かえって腹が立って。私は、叔父ちゃん、叔母ちゃんのお母さんじゃあないんだからって。姪ですよ、姪。私はただの姪なのに、何でこんなことしないといけないのって、いつも思っていました」

興奮した様子の智恵子に代わって、淳が静かに話し始めた。

「叔父は何度も歩き回ろうとするもんですから、そのうちベッドに拘束されるようになってしまったんです。自由が奪われると、ますます認知症が進行していった感じです。

結局、叔母の方は予定どおり一カ月で退院したのですが、叔父はギブスが取れるまで車椅子生活になるので、病院から施設に送り返されることになってしまいました」

「あんなに『家に帰りたい』って言っていたのに、結局その想いはかなえてあげることができませんでした」

少し落ち着いた様子の智恵子が、肩を落としながら言った。

「でも、そこからが本当に大変だったのです」

淳が続けた。

「ある時、お見舞いに行ったら、叔父からこんな話を聞かされました」


このままでは、あの暴漢たちに捕まってしまう。

いつもの慣れた帰り道とは逆の方向へ早足で歩いた。パチンコ屋の喧騒を通り過ぎ、人混みに紛れ込もうと飲み屋横丁へ足を向けた。

しまった。

飲み屋横丁は袋小路だった。奴らの気配がする。振り返ると気付かれるし、このままでは行き止まりだ。抜け道を必死に探した。ネオンの脇に細い暗闇が目に入る。咄嗟に、暗闇に向けて駆け出した。

エアコンの室外機を乗り越えて、モルタルの壁に挟まれた狭い路地を進む。奴らに気付かれたようだ。バタバタと足音が追ってくる。

「痛！」

換気扇のフードの角に頭をぶつけたみたいだ。手を当てるとヌルリとしたものを感じる。頭を押さえたまま進むと、右手の拳をモルタルの壁で削ってしまい、小さく唸り声を上げる。狭くてうまく身動きが取れず、慌てるほどにあちこちを擦り、どこが痛いのか分からなくなってくる。

ほうほうの体で路地を抜けると小路に出た。ほっとする間もなく暴漢たちに取り囲まれてしまったようだ。相手は四人。俺は覚悟を決めた。

目の前の一人が止めてあった自転車を担ぎ上げてかかってきた。

その時だ。

さっき削った右手が、頭上に自転車を担いだ暴漢の左頬をとらえた。暴漢は自転車を担いだままふらついている。俺は踏み込んだ足を踏ん張り、隣にいる暴漢に左フックを喰らわせた。

残りの二人が、俺のパンチを見てひるんだ隙を見逃さなかった。俺は軽くステップを踏むと並んだ二人へ交互に左右のパンチを見舞わせた。

四人がもんどり打って逃げていく後ろ姿は、今でも目に焼き付いている。

淳は八十八の話を聞き終わると、かがみ込んで「叔父さん、危ないところだったね。でも叔父さんが無事で良かった」と笑顔で話し掛けた。

「やっつけてやったからな！」

八十八はニヤリと笑った。

それから淳は施設の職員に連れられてエレベーターに乗り込むと、職員から説明があった。

「殴られた清水《しみず》さんは再発防止のために別の階に移ってもらっています。今は腫れも引いてきましたが、本当に大変でひどい状態でしたから。ご案内しますが、本人には何も知らせていませんので、少し離れた所からご確認願います」

淳たちは四階で降りると、職員の先導で回廊を回った。どこの階も同じ構造になっているようだ。

「あそこのテーブルでお茶を飲んでいる赤いセーターの方が清水さんです。ようやく目の腫れも引いてきましたが、最初は本当にお岩さんみたいでかわいそうだったんですよ」

そこには清水という、車椅子に座った、好々爺を絵にしたような、小さくて大人しそうなおじいちゃんが、静かにお茶を飲んでいた。

「あんな車椅子のおじいちゃんを殴ってしまったのですか？」

「もう突然の出来事でしたから。加藤さんが一方的に殴り始めて、近くにいた男性職員が気付いてすぐに止めに入ったから良かったのですが、気が付くのが遅かったら本当に大変な事態になっていたかも知れませんでした」

淳は、職員に対して改めて頭を下げてお詫びを申し上げた。

「傷害事件ですから、施設では警察に通報することも検討していました。ただ、清水さんのご家族の方が、加藤さんもこういう施設に入っている方で、認知症からくる幻覚が原因なのであれば……と理解を示していただけたので良かったです。清水さんもその時は本当に驚いたようで、相当に動揺していました。ただ清水さんも認知症ですから、もう覚えていないかと思います。こういう時には認知症っていうのも、ある意味、幸せなのかと思うこともあります」

淳は恐縮しきりで聞いていた。相手のお宅にお見舞いをしたいと申し出たが、先方からは既に一切不要であると伝えられていたようだ。

「皆さん、ボケ話ばかりになってしまうので、ここで叔父ちゃんの功績について紹介します。食べながら、飲みながら聞いていてください」

智恵子は立ち上がると、能面の近くに移動して、用意していた紙を取り出した。

「加藤八十八。一九三六年、静岡県生まれ。一九五五年、十九歳で上京して写真学校に入学。卒業後は株式会社東京カメラに就職。一九六三年には日本カラーという会社に転職なのですかね？　一九七五年ころには、カメラマンとして美術品の撮影に関わるようになり、このころから能舞台の撮影にも携わるようになったみたいです。能面の美しさに惹かれて、自ら能面制作を始めたのもこのころからです」

「あら、そんなころからやっていたのかしらね？」

貞子の、素っ頓狂な反応に一同が笑いに包まれる。

「叔母ちゃん、関心がなかっただけでしょう」

鉄平もからかい半分で声を掛ける。

「そうかもね」

貞子が肩をすくめて舌を出す。

「はい」

と智恵子は続ける。

「一九八四年ごろ、日本芸術家連合会の会員になり、小椋永徳《おぐらえいとく》先生に師事しました。多分、定年退職のころでしょうね。ここからがすごいのだからよく聞いてよ。一九八九年六月、日本芸術家連合会主催国際文化交流会でカナダ・オタワ劇場の能面展に出展。一九九一年八月、日本芸術家連合会主催伝統芸能東京展の能面部門で、作品〝深井〟が芸術奨励賞を受賞。〝深井〟っていうのは小面みたいな中年女の面です。ここに飾っているのが〝深井〟ですが、受賞作かどうかは分かりません」

「何だ、分からないのか」

子どもたちの声が聞こえる。

「一九九五年九月、重要無形民俗文化財団主催佐陀神能保存会松江展で伝統芸術文化賞を受賞。同年、能面工匠会主催フランス・エクサン・プロバンスにて日本伝統芸術祭に参加、出展。一九九六年七月、日本芸術家連合会主催国際文化交流会にてフランス・オルレアン市民文化会館ジャパンフェスティバル公演。同年、ノルウェー王宮訪問ハーラル五世国王・ラングヒルド女王主催芸術親善交流会参加。一九九八年一月、ミャンマー国家法秩序評議会主催能面展参加、出展。同年六月、日本芸術家連合会主催国際文化交流会アメリカ・ニューヨーク国連本部ニューヨーク展にて作品〝深井〟〝十六〟が功労賞を受賞。一九九九年八月、日本芸術家連合会主催新潟展にて新潟県教育長賞を受賞」


「はい、ざっとここまでが海外などでの功績です」

智恵子はビールで喉を潤すと、さらに続けた。

「まだまだあるからね。二〇〇二年、楓台会館で個展開催」

「何だか急に小さくなったね。楓台ってこの辺じゃん」

鉄平と鉄也がおどけてみせる。

「はい、そうです。二〇〇四年、同じく楓台会館にて個展開催、ちょっと飛んで二〇一一年、特別養護老人ホーム夢の郷ホールにて個展開催。これは私がお手伝いをさせていただきました。二〇一二年、体調不良にて個展を開催した夢の郷に病気療養に入る。二〇一四年、県立サナトリウム病院入院。同年八月、イギリス・ダートフォード・

グラマー・スクールに能面十二面を寄贈。ここは美術学校で、世界的に有名なロックスターなども卒業しています。同年十月、イタリア・フィレンツェのロムアルド・デル・ビアンコ財団に能面十三面を寄贈。ここはユネスコとかイコモスと一緒に世界の文化遺産を保存していくという活動をしている財団で、叔父ちゃんの能面は特別に展示室を作ってもらえることになっています。そして同年十一月二十八日、脳梗塞にて永眠しました。戒名は叔父ちゃんの功績を称えて『能玄志道居士』とつけていただきました。叔父ちゃんにぴったりの戒名をいただきまして、叔父ちゃんも喜んでいることと思います」

智恵子が頭を下げると、そこにいる皆が涙を浮かべて、大きな拍手が沸き起こった。

鉄平の妻、文恵にとってはどれも初めて聞く話ばかりで驚きを禁じ得なかった。

「叔父さんはすごい人だったのですね。フランスとかノルウェーとかニューヨークとかいろいろと行っているのですね。叔母さんも一緒に行かれたのですか？」

貞子は糖尿病があるのだが、夫のお通夜の日ぐらいは飲んでもいいでしょう、と言い訳をしてはビールを飲んでいる。

「そおねえ、いろいろと行ったわね。デンマークにも行って親戚に会ったりもしたわよね。八十八さんの姪御さんがデンマーク人と結婚して向こうで暮らしているのよね。私は行かなかったけど、八十八さんは中国にも行っていたわよ。あれも能面で行ったのかしらね？」

「能面もイギリスとかイタリアとか、すごい所に寄贈しているんですね」

貞子の姪、智恵子の従姉妹にあたる太田幸子が口を挟む。

「そうねえ……」

貞子は言葉少なに、口ごもってしまう。

「叔母ちゃんは、あんまり能面には関心がないものね」

智恵子が助け船を出す。

「そうなのよね。あんな細かなことをずっと集中してやっているから、あの人も頭もおかしくなっちゃうのよね。もう能面ばっかり作っていて、朝から晩まで一日中ですから……」

智恵子は貞子の言葉に続けた。

「叔母ちゃんは、叔父ちゃんが県立サナトリウム病院に入院して、もう戻れそうにないと分かると、さっさと叔父ちゃんの部屋を片付け始めちゃって、能面も欲しい人にあげちゃってください、なんて言い出すものだから……。

叔父ちゃんの作品はそんなものじゃないのだからって、ものすごく価値のある作品なのだからって、いくら言って聞かせても、叔母ちゃんは全然関心がないし……」


智恵子には八十八の作品の良し悪しは分からないが、取りあえず作品を数えてみたら百面くらいあった。こんなにたくさん保管しておくことも大変そうだったので、知り合いでこういう芸術作品とかに感心のありそうな人に、何か大切にして管理してもらえる方法はないか、声掛けしてみたのだ。

普段は能面の話をしたこともなく、智恵子も疎かったのだが、世間には結構こういうものが好きな人もいて、個人的に譲ってほしいっていう人が出てきて、少しずつ分けていった。

そんな中から、イギリス関係の仕事をしている方から、ダートフォード・グラマー・

スクールに日本美術を教えているクラスがあり、ぜひ、能面の展示をさせてほしいという申し出があった。早速狂言面十二面を送ると、校長先生から展示している写真の入った礼状が届いた。

うれしいことは重なって、今度はフィレンツェの国際学術会議センターで能面を探しているという話が来て、紹介されたのが京都とフィレンツェの親善大使をしている、若くてすてきな女性だった。そこで、ぜひ一度拝見させてほしいという連絡を貰う。ロムアルド・デル・ビアンコ財団というのは、フィレンツェのドゥオモから五分くらいで、メディチ家の礼拝堂の並びにあるホテル等を運営している財団である。その会長が、隣接する建物を改装して世界の芸術作品を保存するという事業に乗り出し始めたということで、智恵子も最初に聞いた時には、話が大き過ぎてよく理解できなかった。いざ改装工事が始まると、壁の中から隠し階段が出てきたり、甕が出てきたりで、正にルネサンスの歴史的建造物ということで、なかなか工事が進まないようだ。

そんなフィレンツェの由緒ある美術館に、八十八の能面が飾られるとは……。

「夢みたいだと思って、うれしくて叔父の所に飛んで行って話をするんですが、全然分かってもらえませんでした。私が訪ねてきたことには喜ぶんですが、もう能面のことは分からなかったようで……」

そう言うと智恵子は涙ぐんだ。

京都・フィレンツェの親善大使は若い女性で、智恵子たちは〝星野《ほしの》ちゃん〟と親しみを込めて呼んでいた。事前準備からフィレンツェとの連絡まで、何から何までいろいろと段取りをつけてくれた。星野ちゃん自身が八十八の工房まで足を運び、能面の状況を確認した上で、フィレンツェにゴーサインを出してくれた。

ただ、智恵子たちには能面の良し悪しは評価できず、展示方法も分からないので、今度は能面が分かる人探しをしなければならなかった。不思議とこういうものは「求めよ、さらば与えられん」ではないが、探し始めるとぴったりの人が出てくるものだ。能を舞う人をシテ方というが、人づてで若い金春流《こんぱる》のシテ方で政木《まさき》先生という方を紹介してもらった。

どんどん話が進んでいって、フィレンツェから財団の会長ご一行が来日し、工房を訪ねることが決まった。もう大きな流れに巻き込まれてしまい、自分たちの意志ではコントロールできない何か大きな力でグイグイ押し流されていくような感じだった。

アメリカ人とかイギリス人は割と身近にいたりするが、イタリア人は初めてだ。智恵子たちは、これから起こるであろうことがよく咀嚼できないまま、取りあえず貞子には着物に着替えてもらい、能面は制作途中のものまで含めて全部出して並べてみた。部屋中が能面で埋め尽くされ、足の踏み場もなくなったが、それはそれで圧巻だった。

時間どおりに現れたのは、大柄で髭を蓄えたパオロ・デル・ビアンコ会長と、会長のお婿さんで美術館の学芸員のフランチェスコ・チヴィタさん、そして星野ちゃん、通訳、政木先生とイタリア関係のオペラの人とか十人くらいの団体が、加藤家に来た。貞子がいつも寛いでいるあの部屋に、髭のイタリア人を含む十人くらいの人が集うこと自体が、もう何か不思議過ぎて、現実味のない想像を超えた光景だった。会長からイタリア語でペラペラと長いあいさつとお礼の言葉が述べられると、それを通訳が一生懸命訳した。

智恵子はお客さま用の日本茶を出して、たまたま淳が出張先で買ってきた金沢のお土産の、有名なきんつばがあったので、それも茶菓子として一緒に出し、一応は日本っぽいおもてなしになった。

あいさつの後、八十八の工房に移動して、能面に埋め尽くされた部屋に案内すると、会長たちから感嘆の声が漏れた。

そこからはもう、政木先生に任せっきり。能面のことを英語で〝ノウ・マスク〟というが、イタリア語や英語の通訳を挟んでのレクチャー。先生が能面を着けて、シテ方の発声をした時には、皆びっくりした。小さく発声したのに、体の深いところからビリビリと響く声に驚いていた。オペラの女性も一緒にいたが、発声方法が似ていると言っていた。

政木先生によって展示用の能面が選ばれ、小面は若い娘の顔から「深井」、そして「般若」へと変化が分かるよう、並べる指示が出されていた。また制作途中の「べし見」は、四角い木片から制作途中、そして完成品と順を追って並べられた。それから「中将」や「翁」など秀作十三面も選んでいった。

「このフィレンツェからの財団会長ご一行さまに昼食を誘われ、私たちは叔母と一緒に中華をいただいたのですが、元気なころの叔父が同席できたら、どんなに良かっただろうって思いました。でも逆に叔父が元気だったら、自分の作品への思い入れが強くて、惜しくなっちゃって、まとめて寄贈することはできなかっただろうとも思います」

おのおのが、祭壇の脇に飾られた能面を見やりながら、その功績の大きさを感心するように思い耽っていた。

そんなところへ水を差すかのように、太田幸子が貞子に尋ねた。

「ところで、叔父さんのお墓はどうなるのですか」

「ええ、もう智恵子ちゃんにお任せしていますから」

と貞子が答えると、智恵子は慌てて、

「叔母ちゃん、お任せしていますから、じゃないでしょう。叔母ちゃんが、ちゃんと自分で県営の公営墓地の抽選に応募して、自分で契約までしてきたのでしょう」

「あら、そうだったわねえ……」

貞子の生返事に、智恵子はお墓についてもしみじみ思い出していた。


お墓のことも、本当に大変だった。

今日の八十八の通夜は、本来なら加藤家の葬儀である。しかし妻方の秋月家側しか来ていない。加藤家の長男、とはいっても、もう八十半ばのお爺ちゃんなのだが、八十八が亡くなったことを電話で伝えても、「そちらでよろしくお願いします」とだけしか返ってこなかった。

八十八は男ばかりの五人兄弟の三番目。若くして東京に出てきて、兄弟が東京に用事があると、ついでに遊びに来たりしていたようだ。妻の貞子も美人で気さくな性質のため、何日も泊まったりして、昔は仲の良い兄弟だった。

八十八は定年退職と同時に運転免許を取得して車を買った。中古の国産フラッグシップ高級セダンだ。免許取り立てで、いきなりバブルの象徴みたいな大きな車を買ったのだ。駐車場も庭を半分つぶして作った。退職後で時間もあったのだろう、貞子を助手席に乗せて、静岡までドライブをしていた。智恵子はお土産に蜜柑とか桜えびとか干物をよく貰っていた。

いつだったか、貞子がものすごい剣幕でいたことがあった。どうしたのかと聞いてみると、自分たちには子どもがいないので、お墓をどうするか二人でずっと考えていたという。お墓をこっちに買っても誰かがお参りしてくれるわけでもないし、位牌もどうするのかとか考えていたというのだ。

二人の行きついた結論は、こっちにお墓を買っても仕方ないので、静岡の加藤家先祖代々のお墓に入れてもらおうということだった。それで八十八は一人で、そのころはスポーツタイプのオープンカーに乗り替えていたが、車を飛ばして静岡の長男にお願いしに行った。

八十八は誠心誠意、頭を下げてお願いしたらしいが、兄は宗教のことだとかいろいろと理由を並べて、断られたというのだ。八十八もまさか断られるとは思ってもみなかったようで、がっかりして帰ってきた。それから加藤家とは距離ができてしまい、だんだんと疎遠になっていってしまった。貞子はチャキチャキした性格のため、最初は夫の落胆ぶりを見て憤りを感じていたが、それならと、新聞に入ってくる県の広報誌とかを調べて、さっさと公営墓地の抽選に申し込んだら、なんと一回で当選してしまったのだ。お墓を買ったことを貞子から智恵子が聞いたのは、それから随分と時間がたってからだった。

「実は、それだけではなかったんだよね」

と今度は淳が続けた。

「さっき叔母さんがデンマークにも行ったことを話していましたが、叔父さんのお兄さんのところのお嬢さん、つまり叔父さんの姪御さんがデンマーク人と結婚して向こうで暮らしているのですが、お子さんも二人いて、日本に帰ってきた時には、叔父さんの家に泊まって東京観光をしたりもしていました。智恵子もいつだったか車を出して叔母さんと一緒に浅草観光に連れて行ったりしています」

夢の郷に入所した八十八は、認知症が進んで幻覚を見るようになった。車椅子のお爺ちゃんが暴漢に見えてしまい、暴力事件まで起こしてしまった。幻覚が見えるようになると薬を使った治療が必要になる。特別養護老人ホームは医療機関ではないため、八十八の幻覚治療のための薬を処方しようとすると、その症状に合わせていろいろと薬を調合して試してみなくてはならない。そのため、そういうことができる病院に入らなければならなくなり、夢の郷から県立サナトリウム病院を紹介されたのだ。病院に移ってからは、幻覚の薬も処方してもらって飲むようになった。

八十八は足を骨折してからリハビリもしていたが、結局はまた車椅子の生活になってしまった。しかし車椅子があまり好きではなかったようで、自分で歩き回ろうとばかりしていたのだ。加えて手先が器用なため、いろいろといじっては小さな悪さを繰り返し、とうとう車椅子にベルトで留められて、ミトンの手袋も着けられてしまったのだ。智恵子がお見舞いに行った時には、別に嫌がるわけでもなく、何だか体が動かないんだよな、とか、うまく物が持てないんだよな、なんて言っていた。

デンマークに住む八十八の姪が訪ねてきたのは、ちょうどそのころ。叔父をお見舞いしたいと言うので、智恵子が車で叔母の貞子と一緒に病院に連れて行った。八十八は陽気に歌を歌っていたが、姪は車椅子に拘束することは老人虐待だと、騒ぎ出したのだ。

昔の元気だった叔父を思い出して感傷に浸るのは勝手だが、ふらっとデンマークから訪ねてきたついでに病院に顔を出して、これまでの経緯を何も知らずに、目の前の現実だけに過剰反応するのは本当に困りもの。姪は一人で大騒ぎをして、こんな老人虐待をする病院に叔父さんを預けるのはけしからん、すぐにもっと人道的な病院を探して移しなさい、と智恵子や貞子にワンワン言うだけ言って、デンマークに帰っていった。

そして極め付きは、その後に貞子に航空便で届いた手紙だった。

『どうか、八十八叔父さんを今の病院より、良い認知症の人の入る老人ホームを探して移してください。これは以前帰った時に、既に何回も頼みました。

何度も言いますが、自分の一番近い身内を、粗末に、他人よりもひどく取り扱う因は必ず自分に返ってきます。

自分が最後に苦しんで、地獄の苦しみを果として受け取ることになります。

ここデンマークでも因果応報の理法はどの方も納得しているので、常識です。

残念ながら八十八叔父さんとは話せませんが、毎日心で祈っております。

再度検討していただくことをお願いするのみです』

淳は少し声を荒らげて、しかし淡々と話した。

「智恵子も叔母さんも、叔父さんのことを粗末になんか扱っていませんよ。それをふらっと顔を出して、他人よりもひどい扱いをしているとか、ほかにもっと良い病院があるはずだとか、遠くから言いっぱなしで無責任極まりないですから。それで最後に叔母さんが地獄に落ちるって、一体どういう了見なのでしょうか。これこそ言葉の暴力で、叔母さんもこんな手紙を受け取って本当に困っていましたよ。

恐らく同じようなことを自分の父親にも言っていたのでしょうね。自分は好き勝手に遠くに行ってしまって、お手伝いはできませんが。私は何もしませんが、あなた方はもっと叔父さんに手を掛けて、もっともっと尽くさないと地獄に落ちますって、どうなんでしょうか。こんな人が身内にいる加藤家からは、実の兄弟の葬儀なのに誰一人来られなくなってしまったのではないでしょうか」

智恵子は「そうそう」とうなずき、強い口調で話した。

「そんな訳ですから、叔父ちゃんは静岡のお墓になんて入らなくてむしろ良かったと思っていますよ。叔母ちゃんが、ちゃんと二人で入れるように公営墓地を準備していますから、四十九日法要には納骨しますので安心してください」

夜も更けてくると、通夜ぶるまいも片付けられ、翌日の告別式の段取りを確認すると、お坊さん、太田幸子が順番に帰っていった。

残った貞子と、甥姪の二つの家族はそれぞれに、帰り道について確認している。

八十八の通夜には貞子と鉄平が線香の番で宿泊することになっていた。

鉄平は福岡から東京の大学に出てきた最初の一年を八十八、貞子の夫婦の元で賄い付きの下宿をさせてもらっていた。子どものいない夫婦にとっては、ほんの一年間ではあったが、甥っ子と一緒に暮らすことで疑似的ではあるが子どものいる家族生活を体験することができたのだった。貞子にとっては、そのころの精悍な印象が鉄平そのものであり、中年になり丸々と太った鉄平はおかしくて仕方がないようだ。

智恵子は寮生活だったが、学校が休みになると八十八、貞子の家に泊まりに行って家族同然の生活をしていた。当時は普通のサラリーマンで言葉数の少ない八十八ではあったが、住みたい街ベストテン常連の私鉄沿線楓台での生活は、福岡から出てきた鉄平や智恵子にとっては眩しいばかりであった。

貞子と鉄平を残して淳と智恵子、美恵、そして山田文恵と鉄也は、外に出ると真冬のような冷たい空気に眠気を吹き飛ばされた。人気のない裏道で、五人の吐く息が白く外灯に照らされている。

「一緒に泊まった方が良かったかな。ビール飲まなければ車で帰れたのにな……」

智恵子が独り言のようにつぶやく。

寒さの中をそれぞれに背中を丸め、もう少し厚手の上着にすれば良かったと後悔しながら歩き始めた。

「星がきれいだよ。明日は晴れそうだな」

淳は白い息を大きく空に向かって吐き出した。

楓台の駅に近づくにつれ表通りは煌々と明かりが溢れ、生きることに一生懸命な活力が満ちていた。

銀行セミナー

淳は生命保険会社に勤めるサラリーマンで、七星《ななほし》銀行を担当している。この日は担当の楓台支店で開催するお客さまセミナーの講師となっていた。

七星銀行では支店単位で定期的に資産運用や相続対策などのお客さま向けセミナーを開催しており、淳が講師を務める相続セミナーは人気の講座になっている。淳は、ほぼ毎日、どこかの支店で開催される相続セミナーで講演し、その後は参加したお客さまの個別相談に応じている。

七星銀行楓台支店営業課長の奥沢希美《おくざわのぞみ》はスーツの袖をあげて時間を確認した。楓台支店は一年前に建て替えが終わり、一人ひとりのお客さまに対して個別に丁寧なコンサルティングができるよう配慮された構造になっている。採光の良いホールもゆったりと座れる椅子が置かれ、三十人分の座席は八割方が埋まっている。

奥沢希美は改めてスーツの袖をあげて腕時計に目を落とし、午後一時半になったことを確認した。受付をしている新人行員に目配せをすると、新人行員は約束どおり一礼しながらホールのドアを、音を立てずに閉めた。

「皆さま今日は。本日はお忙しい中、七星銀行楓台支店相続セミナーにお越しくださいましてありがとうございます。本日の司会を務めさせていただきます営業課長の奥沢希美と申します。どうぞよろしくお願いします。本日のセミナーは二部構成になっております。第一部は相続の三つの問題点についてプラチナ生命保険東京本部の中原次長より講演いただきます。第二部は当行楓台支店担当者による個別相談会とさせていただきます。皆さまのご要望がございましたら、講師の中原次長も個別相談に応じていただけるということですので、お楽しみにしてください。それでは早速ですが、プラチナ生命中原次長よろしくお願いします」

奥沢希美は立て板に水のごとく慣れた口調で案内した。

淳は奥沢希美の紹介を受けてホールの演台の横に立って一礼をした。顔を上げると、この日集まった二十五人のお客さまを見渡した。三十人の定員に対してまずまずの集客だ。六十代から七十代の夫婦と思しきペアが十組に、七十代から八十代の男女が五人だ。七星銀行では相続セミナーは夫婦での参加を奨励することを徹底している。銀行に訪れることを特別なイベントとして、夫婦の楽しみにしてもらおうと、ケーキを出したり、粗品とかもいろいろと工夫をしている。お客さまは、それぞれにこのセミナーに参加するために小奇麗な出で立ちで、少し早めに出掛けてランチを済ませてきたような富裕者層であろう。

淳は改めてあいさつをする。

「皆さま今日は。ただいまご紹介にあずかりましたプラチナ生命の中原と申します。本日はお忙しい中、七星銀行楓台支店相続セミナーにお越しくださいましてありがとうございます。

テレビや新聞などで既にご存知かと思いますが、二〇一五年の税制改正に伴い相続大増税時代が始まりました。これから約一時間という時間ではありますが、皆さまにとって有益なお話ができればと思っています。

奥沢課長からご案内がありましたとおり、セミナーの後では個別相談会もございますので、皆さまが日ごろなんとなくご不安に感じていることやお悩みがございましたら、ぜひこの機会に解消してくださいますようお願いいたします」

淳はいつものようにあいさつを済ますと、ホワイトボードに三つの問題点を書き出した。

1. 相続税
2. 納税資金
3. 争族

「皆さん、相続を考える際には大きく三つの問題点があります。まず一つは相続税が高いということ。二つ目は、その相続税を支払う納税資金、つまり現金資産が足りないということ。三つ目は、どんなに仲の良いご家族であっても、お金が絡んでくると必ず争いが起こってくるということです。今日はこの三つの問題点について確認しながら、解決策をご案内したいと思っています。

ところがですね、これはあまり語られることはないのですが、三つの問題にたどり着く前にもう一つ意外な問題があります。それは、誰がどう相続の話を切り出すかという問題です。一般的に相続の対象として考えられているのは、ご主人さまになります。しかしながら、ご主人さまにとっては、ご自身が亡くなった後の問題というのは、ご本人の話ではなく遺された方々の話ですから、なかなかご自身の問題としてとらえにくいようです。

財産の状況はどうなっているのだろう、何か対策は考えてくれているのかな?と気が気でないのは、奥さまやお子さまたちです。気にはなるのですが、聞きにくいというのが、相続対策の難しさです。奥さまあるいはお子さまがご主人さまにそっとささやくように『お父さん、相続のことなんですけど……』なんて声を掛けてみますと、突然烈火のごとく怒り出し『何だ、俺を殺す気か！』と空気が凍ってしまい、それ以降相続の話を切り出せなくなってしまうなんてことがあるようです。

今日は幸いにご夫婦でご参加いただいている方も多くいらっしゃるようですので安心ですが、相続については対象となるご本人さまに考えていただかないと、なかなか話が進まないということがございます。

ということで、今日はこの三つの問題について順番に考えていきたいと思います。まずは二〇一五年の税制改正の内容について確認していきましょう」

淳は〝**基礎控除が四割減**〟と板書した。

「今回の税制改正によって大増税時代に突入したといわれる理由はここにあります。今までの基礎控除、これは相続税を計算する際に、お亡くなりになった方の財産から共通して引き算をしてくれる額です」

税制改正前

5000万円＋1000万円×法定相続人の数

淳は板書した。

「例えば、失礼ですがご主人さまがお亡くなりになり、奥さまと二人のお子さまが遺されたとしますと、法定相続人の数は奥さまと二人のお子さまの計三人になります」

5000万円＋1000万円 × 法定相続人の数（3人）＝8000万円

「税制改正前であれば、ご主人さま名義の相続財産の合計額が8000万円以内であれば、基礎控除8000万円を差し引いて相続税は掛からないということでした」

税制改正後

3000万円＋600万円 × 法定相続人の数

淳は下に板書した。

「法定相続人が三人であれば、同じように掛け算をします」

３０００万円＋６００万円×法定相続人の数（３人）＝４８００万円

「税制改正後は、基礎控除で差し引かれる金額が８０００万円から４８００万円に減額となりました。

８０００万円もないよ、という方もいらっしゃるかと思いますが、ここの楓台にご自宅をお持ちでしたら相続財産の額は恐らく５０００万円は超えてくるのではないでしょうか？」

「加えて相続税の最高税率も50％から55％に引き上げられています。小規模宅地などの特例などが拡大されたり、すべての方が相続税を払わなければならないわけではありませんが、これまでは基礎控除などで相続税の課税対象者は一部の資産家に限られていましたが、国税庁の発表内容によると、二〇一五年分の相続税課税対象者数は過去最高人数を記録し、前年の約二倍となりました。具体的に申しますと、二〇一四年の５万６２３９人が二〇一五年には10万３０４２人となりました。課税割合も４・４

%から8・0%へと3・6%上昇しました。これが相続大増税時代といわれる所以です。それでは、改めて今日の本題であります相続に関する三つの問題点について一緒に考えていきましょう」

淳はホワイトボードに書いた基礎控除に関わる計算式を消した。

「最初に相続税が高いという話です。皆さんのお手元に『相続ガイドブック』という冊子があるかと思いますが……、もしお手元に冊子のない方があれば挙手を願います」

淳はお客さまを見回した。資料については奥沢と新人行員が何度も確認をしているので、ないはずはないのだが、いつもの習慣で一応確認してみる。

「皆さんお手元の『相続ガイドブック』をご覧ください。相続のタイムスケジュールという表がございます。スケジュールというとなんとも軽い感じもしますが、相続が発生してから何をしなければならないのか順番に書かれています。

ことの始まりは相続の発生です。つまりどなたかがお亡くなりになることで相続が発生します。相続が発生したら、と簡単にお話しさせていただいておりますが、改めて申し上げるまでもございませんが、人が一人お亡くなりになるということは本当に大変なことです。

最近は多くの方が病院でお亡くなりになりますので、入院患者のご容体が悪くなるとお医者さまが呼ばれて様子を見ることになります。そしてご臨終が確認されますと、お医者さまは何年何月何日何時何分に死亡と宣言して、死因は何といったことを記載した死亡診断書を作成してくださいます」

「ただご自宅でお亡くなりになった場合は、こう簡単にはまいりません。突然容体が悪くなってお亡くなりになったり、朝起きてこなかったりという事態が発生しましたら、一般的にはかかりつけのお医者さまを呼ぶことになります。かかりつけのお医者さまは、普段から患者さまと接していますので、病歴や直近の様子をご存知なので、ご遺体を確認して何年何月何日、今度は推定何時何分ごろに死亡と宣言し、死因を特定して死亡診断書を作成してくださいます。

ご病気でお亡くなりの場合は死因がはっきりしているので分かりやすいですが、事故の場合は少々ややこしくなってきます。

ご高齢の方にとって住み慣れたご自宅は一番安全な場所と思われがちですが、自宅内での事故も結構起こっているようです。事故の大半は、歩いている床での転倒、階段からの転落などで、転倒・転落によって骨折などの重大事故になることも多いようです。

これが死亡事故となると少し様子が変わりまして、大半は浴室で起こっているようです。お風呂の湯加減を見に行って、滑って湯船に落ちて溺死、あるいは入浴中に気持ちが良くなって、気持ちが良いなと思っているうちに意識を失って溺死というのが死亡事故の大半です。ご家族の方がお風呂からいつまでも戻ってこないので、様子を見に行った際に発見されているようです。

ご家族の方は、びっくりして、とにかく湯船で動かなくなっているお体を引き上げて、大慌てで救急車を呼ぶことになります。駆けつけた救急隊員は現場の様子を確認して、ご存命であれば応急処置をして病院に運んでくださいます。残念ながら既に息を引き取っていらっしゃいますと、救急隊員はご遺体を残して帰ってしまいます。そう、救急車は生きている方しか乗せてくれないのですね。そうなのです、ご遺体が乗るのは霊柩車なのですね。

　救急隊員はただ帰るだけなら良いのですが、ご自宅にご遺体があるということを、丁寧に警察に連携してくださいます。ご家族の皆さんがご遺体を前におろおろしていますと、間もなく警察官が監察医あるいは検視官といわれる人を連れてやってきます。

　警察官は自宅にご遺体があるという事実に対して、仕事として忠実に事件性がないということを確認するために事情聴取を行う必要があるのですね。これは事故なのか、他殺なのか、自殺なのか、あるいは病死なのか、そういったことを確認する任務があるのです。まず、第一発見者を中心に家族全員に対して、事件性はないのか事情聴取を始めます。そこでは、誰が遺産相続人になるのか、どのくらい遺産があるのか、昨日今日けんかをした人はいなかったか、家族関係はどうだったのか、誰と仲が良く誰と仲が悪かったのか等々、事実確認を進めていきます。場合によっては近隣の方への事情聴取まで行うようです。

　ご家族の方は、ちょっと前までお元気でいらっしゃったご家族がご遺体に変わってしまったにもかかわらず、感傷に浸っている場合ではないそうです。あ、警察関係の方がいらっしゃったら申し訳ございません。警察官は自宅にご遺体があるという事実に対して、忠実に事件性がないということを確認するために事情聴取を行う必要があるのですね。

事情聴取を重ねて事件性がないということが確認されますと、監察医あるいは検視官という方が死亡の宣言をして、死因は溺死と記載した死体検案書というものを作成してくださいます。

このように、ご遺体は明らかに生命体として生きていないという状況であってもまだ死んだことにはならないのです。最近は『心肺停止』の状態という表現をされています。お医者さまや監察医・検視官という方からこのご遺体は死んでいると宣言がなされ、やっとお亡くなりになったことが認められるのです。

そして死亡診断書や死体検案書をもって初めて亡くなったことが公に証明できることになります」

「皆さんお手元の『相続ガイドブック』をご覧いただいていますね。話が少し横道に逸れてしまいましたが、ようやく相続が発生して相続タイムスケジュールの始まりです。

相続が始まりますと、まずしなくてはならないことは、役所への届出です。これは死亡が確認されて七日以内の届出が必要です。ご家族がお亡くなりになった時に最初に相談する相手は葬儀屋さんでして、葬儀屋さんがこの手続きを請け負ってくださることが多いようです。葬儀屋さんは死亡届を役所に提出して火葬許可証という書類を受領してきてくれます。

死亡診断書あるいは死体検案書が役所に届けられますと、住民票にバッテンがつけられて、これで初めて公にお亡くなりになったことが認められたことになります。

しかしながら最近は変な事件が多いですね。死んでいるのに死んでいない、ゾンビみたいな人が時々いらっしゃいます。押し入れの中で何年も息もせずに寝続けている人が時々ニュースに出ていますね。押し入れの中で、息もせず、水も飲まずに、食事もしない、こんなこと続けているといずれ白骨になってしまいます。

そんな方が、そっと押し入れの中で、息を殺して年金を受け取り続けている。白骨ですから、息はしていないのですが、亡くなっていると宣言されていませんから、まだ死んでいません。当然役所に届出もしていませんから住民票も存続しています。このようにして年金を不正に受領し続けているというニュースが多いですね。

これは良くありません。証明書を書いていただき、七日以内に役所への届出をしてくださいね」


「葬儀屋さんは火葬場の空き状況を確認して、手際よくお通夜と告別式の日取りを決めていきます。最近では告別式と初七日も一緒にやってしまいますね。ただし、お通夜とか告別式は相続タイムスケジュールには載っていません。これは儀礼的なもので、やってもやらなくても自由だということです。

最近は身内だけの家族葬とかも多いようですし、お坊さんを呼ばない葬儀もありまして、私も一度参列させていただきましたが、祭壇があって一人ずつ献花するというお葬式でした。これまでの仕来りにこだわらず、皆さまもお好きなようにやってもらって結構ということです。

お葬式には普段会わない親戚とか、相続人しか知らない友人とかいろいろな人たちが訪れたりしますので、お返しとかいろいろと雑務をしていますと、一カ月くらいはあっという間にたってしまいます。次は四十九日法要と納骨です。そんなことで、バタバタしているうちに二カ月くらいがすぐにたってしまいます」

「バタバタはしているのですが、この間に必ずやっておかなければならないことが三つあります。まず法定相続人を確定させること。そして遺言書の有無を確認すること。さらに相続財産と債務について確認することです。特に債務があった場合には、プラスの財産とマイナスの債務を合計して、マイナスが多ければ相続放棄、プラスマイナスがすぐに分からない場合には限定承認という方法があります。これはプラスマイナスの評価をして結果としてプラスになれば相続を受けるという方法です。いずれにしても、三カ月以内に家庭裁判所への申述が必要となり、限定承認の申述には相続人全員の同意が必要になりますので、誰が法定相続人なのか事前に確定させることが必要になります。

例えばご主人さまに前妻と子どもがいた場合、このお子さんも実子ですから法定相続人になります。またお子さんがいらっしゃらないご夫婦の場合にはご両親、ご両親とも他界している場合には兄弟、兄弟も他界している場合にはその子どもというように法定相続人をたどっていく必要があります。そして相続放棄などは三カ月以内に行わなければなりません。法定相続人が確定されましたら、相続放棄あるいは揃って限定承認という手続きを家庭裁判所に対して申述するようになります。

本日お越しいただいている皆さまは、恐らく相続財産はプラスになっていることと存じますので、次に進みます」

財産目録

「ようやく落ち着いてきましたら、いよいよ相続税の計算をして納税を行います。これは相続発生から十カ月以内に行う必要があります。そのために、まずご主人さまの名義になっている財産の洗い出しを行い、財産目録というものを作成します」

淳は板書をした。

続けて次のように書き足していった。

土地
自宅
現預金
有価証券
その他

「一般的な方の財産はざっとこのような内訳になるかと思います。やはり一番大きな財産は土地・建物です。そして現金や預金、有価証券は株式とかゴルフ会員券、その他の財産です。その他の財産には美術品・骨董品など換金できるものは何でも財産になります。

相続税を考える場合にはこの財産目録を作成して、一つ一つの財産に金額を当てはめていきます。そしてその金額の合計額がご主人さまの相続税額となります」

財産目録　＝　合計いくら？

淳は書き足した。

「合計いくらあるのかを確認することが相続税を考える第一歩になります。相続税対策として、贈与をしたり、アパートを建てたり、タワーマンションを購入したり、保険を買ったりといろいろな対策を取られる方が多くいらっしゃいますが、この相続財産の全体額が分かりませんと、相続対策もかえってややこしくなったりしますから気を付けてください。

〝合計いくら？〟を計算する場合にはまず土地の評価額を知ることが重要です。土地には実勢価格、公示地価、固定資産税評価額、路線価と四つの値段がついています。不動産は一物四価といわれていますが、相続の際には路線価を使います。路線価は国税庁のホームページから全国どこでも確認することができます。

今日は皆さんのお手元に実際の路線価図をお配りしていますのでご確認ください。マジックで囲ってあるところがここ七星銀行楓台支店の所在地です。この囲いのビルの下にある道が、この窓の下に走っています駅前通りです。この駅前通りに面している土地の評価が丸の中にある600という数字です」

600

淳は板書した。

「これは一平米あたりの価格で千円単位です」

600千円/㎡

と書き足した。

「坪に直しますと、600千円を三・三倍します」

600千円／㎡×3・3＝1980千円／坪

「ということで、ここの土地の評価額は坪あたり198万円ということになります。実際には、道路付けの状況ですとか土地の形状ですとかいろいろな条件を踏まえて評価しますので、きちんとした評価が必要な場合には不動産鑑定士などの専門家、あるいは七星銀行の担当者に相談なさってみてください。今日は大まかに見積もっていくらくらいの額になるのかの見当をつけるということでご理解ください」

「第二部の個別相談会では、担当者が皆さんのご登録いただいているご自宅の路線価を調べることもできますので、評価額がどのくらいになるのか一度ご確認いただけるとよろしいかと思います。また、田舎に土地を所有しているという方もあるかと思いますので、国内であれば全国の土地の評価が分かりますから、ぜひこの機会に評価額をご確認ください。

建物につきましては、固定資産税の評価額になりますね。築二十年以上になりますと随分とお安くなっているかと思います。立派な装飾品などをつけられている場合には、一つ一つの部材に評価をつける場合もあるかと思います。

評価額を確認しますと、ご自宅の評価額が安過ぎるとご立腹されるお客さまがいらっしゃいますが、相続税を考える場合にはいかに安く見積もって財産を小さくして、課税対象額を少なくするかということが重要になるわけですので、どうぞよろしくお願いします。

現預金はそのままの金額ですね。有価証券については、上場株をお持ちの方が多いかと思いますが、上場株は直近三カ月の月平均価額および死亡日の終値のうち安い額を選択することができます。上場会社の株式は取引所で価額がついていますし、売却もできますから簡単ですが、難しいのは未公開の株式です。例えばご自身で会社を経営していて未公開の株式を保有しているような場合はいろいろと大変です。

ご自身で会社を経営しているわけですから、万が一の時には奥さまやお子さまに会社を継がせたいというお気持ちが強いかと思います。株式をそのまま継がせて評価額に対する相続税を支払う場合には、それに見合った現金が必要となります。物納という手段がありますが、これは売却が可能な財産のみであって、転売ができない未公開株式は受け付けてもらえないこともあります。また物納に関して申しますと、田舎にある山とか畑を物納したいと言っても、これも概ね受け付けられません。不動産を物納するということであれば、楓台の皆さんのご自宅のように売却可能な資産のみが物納可能な財産となります。

話を戻しますと、未公開株式の相続は事業継承の問題も含めて非常に難しい財産となります。そして経営者の方が考えているよりはるかに高い評価をされて驚かれることが多いようです。会社を経営している、あるいは同族会社の未公開株式を保有しているという方は、ぜひ一度弁護士さんや税理士さん、あるいは七星銀行の担当者にご相談なさることをお勧めします。

ゴルフの会員権も一応価額がついていますので、新聞などに掲載されている取引価額の約70%の評価となります。美術品や骨董品は精通者意見価格などを参酌して評価するとなっておりまして、いわゆる鑑定価額となります。

このように財産目録を作成し、一つ一つに値段をつけていきます。その値段の合計金額、〝全部でいくら？〟が分かりましたら、これが相続財産の評価額となります」

財産目録　＝　全部でいくら？

淳は〝**全部でいくら？**〟に赤く波線を引いた。

「〝全部でいくら？〟が計算できましたら、『相続ガイドブック』をご覧ください。課税価格別の相続税納税額概算表（総額）がございます。この表は、相続税額のイメージを持っていただくために、単純に各相続人が法定相続割合で相続し、配偶者控除のみを適用したものとして計算しています。

例えばご主人さまがお亡くなりになり、相続財産の額、〝全部でいくら？〟が80

00万円だったとします。ご遺族は奥さまとお子さま二人としますと、この表で左側の一次相続で配偶者子ども二人の縦の欄をご覧ください。左側に課税価格と金額が書いてありますので、先ほどの縦欄と、8000万円の横欄が重なったところ、分かりますでしょうか？

175万円と書いてあるところです。

相続財産の額が8000万円で、配偶者と子ども二人が相続人の場合には、単純に計算しますと相続税納税額は175万円になります。

相続財産の額が1億円であれば、もう少し下をご覧ください。相続税納税額は315万円になります」

「分かりますでしょうか？　今はこの表の見方をご理解いただければ結構です。

第二部の個別相談会では皆さまの相続財産額の概算、特に不動産の路線価を一緒に確認させていただき、皆さまのご家族構成に合わせて、この相続税の納税額の概算を確認させていただきますので、今は考え方だけご理解いただければ結構です。

8000万円なら175万円の税金、1億円なら315万円の税金を支払うんだなと、大まかにご理解いただければ結構です」

「ただ、相続税を考える場合には、もう一つ考えなければなりません。今日お越しいただいていますお客さまをお見受けしますと、ご夫婦とも大体同年代なのかと思います。

最近は年の差婚というのが多くなりまして、芸能界でも奥さまが45歳下なんて方もいますよね。自分の子どもよりも若い奥さまの場合にはすぐの心配はないのでしょうが、ご夫婦が同年代の場合には、二次相続も併せて考える必要があります。

ご主人さまがお亡くなりになって、大体十年くらいたちますと奥さまの二次相続が発生します。これが逆に奥さまが先立たれますと、ご主人さまは二、三年後に後を追われてしまうことが多いようですね。結婚時の年の差もあるのでしょうが、やはり奥さまが先立たれますと寂しくなるのでしょうか、ご主人さまは割と早くに後を追われることが多いようです。

先ほどの計算では、ご主人さまの財産を法定相続分で相続すると申し上げましたので、奥さまは半分になります。相続財産の額が8000万円なら奥さまは4000万円、1億円なら奥さまは5000万円で計算しています。

奥さまはこの財産を全部使いきってしまえば、二次相続を考える必要はないのですが、大概の方がほとんど使わずに丸々遺していらっしゃるようです。生活は年金でできますので、相続した4000万円、あるいは5000万円をそのまま遺して二次相続が発生しています。

この場合には、一覧表の右側にある二次相続をご覧ください。今回は、ご主人さまは既にお亡くなりですので、相続人はお子さま二人です。子ども二人の縦欄と課税価格4000万円の横欄の重なるところ……、はい、ここは最初に確認しました基礎控除3000万円+600万円×相続人数、お子さま二人であれば、4200万円までは税金が掛かりません。これが5000万円になりますと、相続税納税額は80万円になります。

相続税を考える際には、一次相続、二次相続の合計金額を把握しておく必要があります。8000万円でしたら、一次相続の175万円のみですが、1億円でしたら、一次相続の315万円プラス二次相続の80万円で、合計395万円となります。

相続財産の額が大きくなれば当然相続税納税額も大きくなります。例えば、1億5000万円であれば、同じ条件で一次相続748万円、二次相続の相続額7000万円と想定して320万円の合計1068万円です。

これが2億円になれば、一次相続1350万円、二次相続770万円の2120万円となります。3億円でしたら合計4700万円、4億円なら7950万円、5億円なら1億1475万円となります。

相続の第一の問題点としては、相続税が思いのほか高いということです」

「今日ご参加の皆さまにはぜひ一度、この機会に相続税額について確認しておいていただきたいと思います。何も準備がいらないという方もいらっしゃると思いますし、既にいろいろな対策を施されている方もいらっしゃると思います。ただ、既に対策を施されている方であっても、不動産の評価額は場所によってはひところと比べ結構上昇しています。財産の評価額も時間とともに変わっていきますので、定期的に再評価や対策のメンテナンスをされることをお勧めします。ただし、これまでの計算は分かりやすいように単純に法定相続分で分割して、控除も配偶者控除のみを使った計算をしています。現実的には、いろいろとある財産は、単純に割り算することはできないものです。

それと配偶者は、何十年も一緒に寄り添って、ご主人さまと二人三脚で財産を築いてきたわけですからいろいろな控除もございます。特に今回の税制改正では増税部分がクローズアップされていますが、小規模宅地などの特例が拡充されています。ご主人さまと一緒に暮らしてきたご自宅を奥さまが相続する際の特例はこれまでもありましたが、二世帯住宅や老人ホームの適用条件の緩和で大きな減税が可能になっていますす」

「また税制改正では贈与税の税率も下がっています。相続時精算課税制度あるいは教育資金や住宅資金の贈与に対する非課税の活用などもございます。

財産の分け方、分ける内容、分ける順番、こういったものを工夫することで実際に支払わなければならない相続税額は相当に変わってきます。書店に行きますと、相続に関する本や雑誌がたくさん並んでいます。いろいろな工夫の仕方が書かれていますので参考になさるとよろしいかと思います。

ただ一言で財産といっても、皆さん一人ひとりの財産は全く異なるものです。土地といっても楓台の土地と田舎の土地では評価も違えば、できる対策も全く異なってきます。特に、今回の税制改正では基礎控除が四割も引き下げられていますので、これまで相続税は関係なかった方も、改めて計算をしてみたら課税対象に変わってしまっているということが起こっています。そのような方はちょっとした工夫で対策ができるはずなのですが、端から自分は関係ないと高を括っていますと、遺された奥さまあるいはお子さまたちがご苦労をされることになってしまいます。そのご苦労というのが、二つ目の納税資金の問題です」

淳はホワイトボードに最初に書いた〝**2. 納税資金**〟を指さした。

「相続税は基本的に現金でお支払いいただくことになっています。大きな財産をお持ちの方ほど、その財産に占める現預金の比率は低くなっているようです。『相続ガイドブック』をご覧ください。円グラフがありますね。これが相続税課税対象者の平均的な相続財産の割合になっています。資産構成はこのような形で、財産の四割近くが土地建物になっています。

税制改正前は土地建物比率が約六割を占めていました。相続財産の額が大きくなるほど、不動産や未公開株式の割合が増えて、人によっては八割とか九割になってきます。これらはすぐに換金することができない財産です。その財産に対して、最高55％の相続税が課税されますので、しっかりした準備がないと大変です。

いざ相続となって、大きな財産があるのに納税資金がないということになりますと、納税資金を用意するために、財産を切り売りしなければならないということになってしまいます。先祖代々引き継いできた土地を切り売りして現金を作らなくてはなりません。昔から田んぼは切り分けてはいけないとされており、田んぼを切り分ける者を

〝たわけ者〟と言って戒めてきたわけですが、納税ができなければ仕方がありません。

未公開株式はもっと大変です。自分の会社の株式を売却するということは、経営権を手放すことになってしまいます。家業として営んできた事業を人手に渡してしまうことは心苦しいことかと思います。それでも売却ができれば、まだ良い方だといわれています。現実には相続税の支払いのために事業を畳まなければならないということも起こってきます。経営者は従業員のみならずその家族の生活を背負って事業を営んでいるわけですので、廃業ということになれば、これまで一生懸命に事業のために頑張ってきてくれた従業員とその家族を路頭に迷わすことになってしまいます。

このような事態にならないよう財産の棚卸しをして、その総額、〝全部でいくら？〟をまずは概算で把握していただき、納税資金をどれだけ用意する必要があるのか確認していただきたいと思います。その金額が換金可能な金融資産で準備できるのであれば、納税資金の問題はないかと思います。

大きな不動産があるけど納税資金がない、あるいは未公開株式があるけど納税資金がないという場合はちょっと深刻です。対策はいろいろとあるのでしょうが、生前のうちに財産分けをすると贈与税となり、これは相続税と比較して相当に税率が高くなっています。財産分与というのは、税金のことだけを考えればできるだけ少額で長い時間をかけて行うことが有効で、そのために相続対策はできるだけ早くに始め、時間をかけて対策を講じることが有効だといわれています。

二つ目の問題は、納税資金がない、大きな財産があるのに税金を支払うことができないという問題でした。

最後に争族についてお話しさせていただきます」

淳はホワイトボードの〝3．**争族**〟を指さした。

「これは遺産相続などを巡って争う親族のことを示す俗語ですが、ご自身の家族が財産を巡ってけんかになるということは、できることなら避けたい問題です。しかしながら現実問題として多くの争いが起こっているのも事実です。相続スケジュールで見ましたように、相続が発生しますと相続人全員で話し合いをして相続財産を分けます。

全員の同意ということを示すために、遺産分割協議書を作成して実印を押します。小さいころには仲の良かったお子さまたちも二十代あるいは三十代のころには家を出て別々の生活を始めます。相続が発生するのは、そのお子さまたちが五十歳を超えたころかと思いますので、結婚して二十年前後、お孫さんたちにお金の掛かる時期に重なってきます。そんなお子さまたちが、例えば相続について家族会議があるから長男が同居する実家に集合するということになりますと、弟さんはお嫁さんから『お兄さんに負けたらダメよ。家の子どもはまだまだこれから学費が掛かるのだから、分かっているわよね』と気合を入れられて出掛けるようになります。

兄弟姉妹は皆さん仲良くしていたいものですね。でも、それぞれに家庭があり、それぞれの事情がありますから、自分自身は譲ってもいいと思っているのですが、お嫁さんの顔を思い浮かべると譲れない、そんな状況で遺産分割協議が始まります。これではまとまるものもまとまらず、残念ながら財産の奪い合いになってしまいます。当然、全員が自分の権利を主張し、価値のある財産を欲しがります。

そして誰も譲らなければ、遺産分割協議はまとまりません。せっかく全員が集まって話し合いをするのですが、長男は親と同居して介護とかの世話をしているという事情、長女は嫁にいった家を建て替えたいという事情、次男は子どもの学費という事情、それぞれが後ろに控えた事情を思い浮かべて一歩も引けないという事態になってしまいます。分割協議がいったん膠着すると、もうこれ以上当事者同士で話し合っても埒が明かないということで、第三者に仲裁に入ってもらうことになります。これが家庭裁判所での調停です。裁判所に持ち込まれる紛争事案の件数は年々減少していますが、相続に関する相談件数だけは着実に増加しています。そして、直近の公表数字で見ますと、相続発生件数の一割強は分割協議がまとまらずに家庭裁判所に持ち込まれています。さらに、その一割は調停でも決着がつかずに裁判という事態にまで発展しています。つまり相続の百件に十件は調停となり、その十件に一件は兄弟姉妹が裁判で争っているという事実がございます」

「私ごとになりますが、子どもも学校に通うようになって、今の家を子ども部屋のある家に買い替えようと思い、週末には妻と物件巡りをしています。少し広い家が欲しいので、新築物件は諦めて中古住宅を探していますが、先日ものすごく割安な物件を紹介されました。不動産評価として周辺の相場と比べると六割くらいで、土地は七十坪と大きな物件で、日当たりも良く築三十年ですがしっかりした家で、十分に住めそうな物件でしたので、飛びつくように内覧に行ってきました。三年近く空き家になっていたという話でしたが、室内に入るとキッチンテーブルの上にマグカップが無造作に置いてあり、二階の子ども部屋はレコードが山積みで、その向こうにあるプレーヤーからは今にも音楽が流れてきそうな、ちょっと買い物にでも出た隙にお邪魔したような生々しさがありました。

案内してくれた営業マンに話を聞きますと、弁護士からの依頼物件で、事件事故などの重要事項は問題なく、男のお子さん二人が独立してご高齢のご夫婦が二人で生活をしていた家だそうです。ご主人さまは少し前にお亡くなりで、奥さまも三年前に倒れて搬送された病院でお亡くなりになったそうです。室内はその時のまま手をつけられていないようでした。ただ、この土地は旗型で接道が二メートル強でしたから分筆はできません。賃貸物件も市の条例で建てられません。

一つの土地建物に二人の兄弟です。たちまちにけんかが始まり、分割できない実家を巡って調停でもまとまらず、結局兄弟同士で裁判にまで発展してしまったそうです。奥さまがお亡くなりになって既に三年近くたっていますので、十カ月の納税期間も過ぎています。恐らく延納手続きを取って、延滞金利を支払っていたのかと思います。裁判の決着がつけばすぐに現金化ということで、近隣の相場と比べて六割くらいの格安で売却せざるを得なかったようです。結果的には、残念ながら地元の不動産会社が即金で購入してしまいましたが、半年もしないうちにきれいな更地となって実勢価格で売り出されていました。

争族になって遺産分割ができませんと、資産価値のある財産も最後は投げ売りをしてしまうような事態になってしまいます。それでも、結果の良し悪しはともかく、売却することができれば争族問題は解決します。今は、空き家の問題が話題になっていますが、これも法定相続人の仲が悪かったり、聞き分けの悪い人がいたりしますと、遺産分割協議がまとまらずに、立派なご自宅があっても誰も住むことができず、結果として空き家となり廃墟のようになってしまっている事例も多いようです。

このような状況ですと、血のつながった兄弟姉妹同士でも顔を合わせることもなくなってしまうでしょうし、法事とかもどうなってしまうのでしょうか。お位牌や仏壇を守ったり、お墓参りは誰がしてくれるのでしょうか。兄弟姉妹が末永く仲良く力を合わせていてほしいという親心とは裏腹に、反目し合ってバラバラになってしまうのは、ちょっと悲しいですね。

このような悲しいことが起こらないように、できることが幾つかあります。その一つが遺言書を書くことです。最近はエンディングノートを書かれる方も増えているようですが、エンディングノート自体には法的な効力はございませんので、皆さまの想いを伝える手段としてお考えください。

『相続ガイドブック』をご覧ください。遺言書には自筆証書遺言、公正証書遺言、秘密証書遺言の三種類がございます。ガイドブックにメリット、デメリットの一覧表が記載されていますとおり、それぞれに一長一短があるといわれています。

自筆証書遺言については、デメリットにありますように、見本を参考に書かれることが多いようですが、内容や形式が間違っていますと無効になってしまいます。争族にならないように、皆さまが一生懸命に書かれた遺言書ですが、例えば日付は必ず書かなければなりません。今日であれば十二月一日と書いていただければ結構なのですが、縁起を担がれるのでしょうか十二月吉日と書いてしまう方がいらっしゃいます。吉日という日付はカレンダーにはございませんので、残念ながらこの遺言書は無効になってしまいます。

また、せっかく書かれた遺言書も、ご存命中に奥さまやお子さまたちには見せたくないと、秘密の場所に隠しておいて、いざ相続という時には結局見つけられずに想いを伝えられないということも実際にあるようです。逆に、どなたかが遺言書を見つけたとしても、自分にとって思わしくない内容が書かれていた場合、改ざんされてしまったり、場合によっては、遺言書はなかったことにしようと、ビリビリにして破棄されてしまうこともあるようです。その点、公正証書遺言は公証人が遺言書を作成してくださいますので、内容や形式に間違いは起こりませんし、公証役場で原本を保管してくれますので、改ざんや破棄の心配もありません。遺言書の有無もお近くの公証役場に問い合わせればすぐに確認ができるようです。しかしながら、公証役場に出向いたり、証人二人に依頼するなど手間がかかったり、公証役場の手数料や証人への報酬などが必要となってきます。

金融機関としてご提案できる対策の一つとして生命保険の活用がございます。生命保険をご利用いただきますと、争族対策のみならず、相続税対策、納税資金対策と、三つの問題すべてに対応することが可能となります。また、遺言信託とか遺言代用信託など相続対策にはいろいろと方法がございますので、ご興味のある方は、この後の個別相談でご確認ください」

「本日は相続に関わる三つの問題、相続税が高いということ、その相続税を払うための納税資金が足りないということ、相続をきっかけに争いが起こってしまうことについてご案内してまいりました。

この後の第二部では、皆さまお一人お一人の状況に応じまして、相続財産の簡単な評価であったり、相続対策などについてご案内できるかと存じますので、ぜひ担当者とご相談いただければと存じます。

それでは、ちょうど一時間となりましたので、私のお話は以上となります。最後までご清聴いただきまして、ありがとうございました」


淳は一礼した。

セミナー参加者からは自然と拍手が起こり、淳は改めてお辞儀をした。

「中原次長、分かりやすいお話ありがとうございました。ご参加の皆さまも相続の三つの問題点について、よくご理解いただけたのではないかと存じます。皆さまもう一度プラチナ生命の中原次長に拍手をお願いします」

司会役の奥沢が促すと、より大きな拍手が起こり、淳は深々とお辞儀をした。

「本日のセミナーの第一部は以上となります。この後の第二部の個別相談会にご参加いただけます皆さまには、十分間の休憩を取らせていただき、担当者からご案内させていただきます。どうもお疲れさまでした」

※二〇一八年七月成立の民法（相続法）改正内容は巻末に記載しています。

中国飯店にて

淳と智恵子は貞子を伴って、地下鉄を乗り継いで中華街を訪れた。紫紺の空に朱雀門の朱色が際立っている。言葉のとおりに風が香る陽気に誘われて、中華街の人混みは三人の歩みを緩やかにした。

「風が気持ちいいね、叔母ちゃん、暑くない？　上着もう脱いじゃっていいよ」

智恵子が貞子に促し、貞子の上着を預かると畳んでエコバッグに放り込んだ。

「やっと暖かくなったと思ったけど、むしろ暑いくらいね」

貞子が答える。

「叔母ちゃん、今日会う人は分かっているよね。叔父ちゃんのことでいろいろとお世話になった行政書士の谷口《たにぐち》先生だからね。叔母ちゃんの家にも来てもらっているし、叔父ちゃんのお見舞いにも来てもらったこと覚えているでしょう？　お葬式にも来てくれた人、分かる？」

「そうねえ」

貞子は生返事をする。

「今日は、叔母さんの家を叔父さんの名義から叔母さんの名義に直してもらったこと、成年後見人のことでもいろいろとお世話になったお礼を兼ねて、中華料理にご招待するのですよ。叔母さんも中華が好きだし、今日のお店はきっと気に入りますよ」

淳が今日の会食のいきさつを説明する。

「中華は良いわねえ」

貞子は中華料理が好きだ。

中華街の人のにぎわいをぬって歩く貞子をよそに、淳と智恵子の会話が弾んだ。

「叔父さんのお葬式からもう半年たつなんて、信じられないね。何だかんだと忙しかったな……。まあ、今度の土地建物の名義変更が完了して、取りあえず急いでやらなければならないことは一段落だな」

「年金の手続きとか大変だった。叔母ちゃんを年金事務所に連れて行かなければ手続きできないし、もう初めてのことばかりだったから」

「ご苦労さま」

「でも、叔母ちゃんって随分長い間会社にお勤めしていたんだよ。叔母ちゃんは駅前薬局の美容部員の話しかしないから、若いころからずっと美容部員していたのかと思っていたけど、ちゃんと会社勤めしていたことを聞いてビックリしたよ。事務員の人にいろいろ質問されて、叔母ちゃんがサラサラ説明するものだから、こっちが驚きだったよ。叔母ちゃんに、そんな会社に勤めていたことがあるの?って聞いたら、『あら、話していなかったかしらね』だからね。でも、叔母ちゃんがちゃんと自分の年金を積み立てていたから、結構な金額貰えるんだよ。叔父ちゃんの遺族年金もあるから、生活費はもう十分よ」

「へえ、叔母さん、会社勤めしていたんだ。知らなかったな。確かに美容部員のことは、叔母さん自身もよく話していたしね。試供品いっぱい貰っていたでしょう」

「そうよ、私の化粧品なんて、ほとんどが叔母ちゃんに貰った試供品だから、全然買ったことなんかないし。いつもブランド物の試供品を貰えるから助かっているんだ」

「ところで、谷口先生は中華で良かったのかな？」

「いいんじゃない？　メールで聞いても、〝何でも好きです〟って返ってきていたし、〝中華でも良いですか？〟って聞いたら、〝大好きです〟って返事きていたよ」

「まあ、今回は先生にとっては大した仕事にはならなかったと思うけど、手数料も受け取ってくれないのでしょ？」

「そうねぇ、結果的には正式な依頼に至らなかったけど、途中までいろいろな手続きしてもらったわけだから……、初期手数料の半分でもって言ったけど、最終的に業務を実行していないから受け取れないって」

「何だか申し訳ないけど……。まあ、おいしい中華料理でも食べてもらって、喜んでもらえれば良いかな？」

「本人がそれで良いと言うのだから、良いのじゃない？」

三人は緩々と歩みの鈍い人混みの流れに従って中華街の奥に進んでいった。

予約時間よりも十分早く中国飯店に到着した三人は、あらかじめ予約していた個室に通された。

「まあ、立派な部屋ねえ」

貞子が驚きの声を上げた。

確かに四人で利用するには少々広過ぎる感じもあったが、棕櫚の伽藍に墨絵の掛け軸はテレビで見る王朝の部屋を思わせた。

智恵子と貞子がトイレを済まして戻ると同時に、谷口も部屋に案内されてきた。

「休みの日にお呼び立てしまして申し訳ございません」

淳があいさつする。

「いえいえ、こちらこそ何もお手伝いできませんで申し訳ございませんでした。もう少し何かお役に立てれば良かったのですが。今日は、こんな立派な所にご招待いただきましてありがとうございます。中華料理は大好きです」

谷口が応える。

ビールで乾杯すると、前菜から次々に料理が運ばれてくる。蟹肉入りフカヒレのスープ、大海老のチリソース煮、牛ロースのフルーツ風味、蟹爪、帆立貝とアスパラの炒め、あわびと椎茸のオイスターソース、そしてフカヒレの姿煮が出されると自然と感嘆の声が上がった。四人はしばらく中華料理に舌鼓を打って楽しんだ。ビールから紹興酒に代わり、二本目をオーダーするころには空腹も満たされ、舌も滑らかになってきた。

「いやあ、やっぱり昼間のお酒は効きますね」

「いやいや、先生は結構いける口ですよね、全然顔にも出ませんし。どんどん飲んでくださいね」

「ありがとうございます。ここは、料理もおいしいですね」

「先生のお口に合って良かったです」

「この紹興酒もおいしいです。中華にはやっぱり紹興酒ですよね」

「新しいボトルがきましたから、どうぞ、どうぞ」

「ささやかですけど、今日は先生へのお礼のつもりですので、どんどん飲んでくださいね」

「いやあ、お礼だなんて、結局、不動産登記しかお手伝いできませんでしたから」

「あそこまで準備をしていただいて、さあ手続きという時に叔父が亡くなってしまいましたので、何だかこちらの方が申し訳ないと思っています」

「叔父さまもお見舞いにお伺いした時にはお元気でしたのに、本当に突然でしたね」

「突然といえば突然なのですが、一年くらい前にも一度危ないことがあったのです。今回と同じように、夜に病院からすぐに来てくださいと呼び出しがありまして……」

淳はその時の様子を話し始めた。

その日は結構遅い時間だった。娘の美恵が休日の夜に人気アイドルのコンサートに行っていて、淳は終わるころに車で迎えに行く約束をしていた。美恵をピックアップして家に帰ると、智恵子が外出の用意をして待っていた。夜分遅くにどうしたのかと聞けば、サナトリウム病院から電話があり、可能であれば今から来てほしいと言われたようだ。可能であればとはいえ、ただならぬ気配を感じ、美恵を家に残して、二人で病院へ向かった。

こんなことを言っては不謹慎なのだろうが、ああいう病院は結構寂しい場所にあり、夜は辺りが真っ暗で、ちょっと怖い感じがした。蛍光灯がまばらに点灯する無人のロビーに入り、受付でブザーを押すと、応対に出た職員は承知していたようですぐに病棟に通してくれた。

職員が廊下の機器にカードをかざすと、病室の入り口となる鉄板のような自動ドアが音もなく開く。そこで「奥に受付があります」と伝えられ、智恵子と中に入るとドアは音もなく閉まった。蛍光灯の明かりが遮断され、密閉されたような空間。暗闇に目が慣れてくると、薄暗い廊下が伸びていることが分かった。振り返ってみると、ドアも壁も白いだけで、取っ手もなければ、スイッチもない。ただ白いドアと壁だけが、ここから出ることを拒絶しているような圧迫感を与えていた。昼間の病院とは別世界だ。

廊下の先にある窓をのぞくと、突き当たりの白いドアが音もなく開く。中に入ると白いドアはそっと閉まり、消毒のアルコールがほのかに鼻についた。薄暗い中にナースステーションだけがぼんやりと浮かんでいるようで、多くの患者がいるはずなのに、その空間は静寂に包まれていた。

若く愛らしい女性の看護師が、八十八のベッドに案内してくれた。八十八はいつもの部屋とは違い、治療用の施設のある部屋で寝かされていた。酸素吸入器をつけ、半分口を開いて、喘いでいた。

看護師が、申し訳なさ気に状況を説明した。昼間はいつものように元気に歌を歌っていたようだ。八十八は、この病院に入院してからすっかり人が変わって明るくなり、よく喋り、よく歌い、この病棟の人気者になっていた。いつものように冗談を言ったり、軽口を叩きながら夕食を食べていたら、突然意識を失い突っ伏してしまったと言うのだ。

看護師は食べ物を喉に詰まらせたのかと思い、何かを吐き出させようとしたが、どうも様子が違ったので医師を呼んだ。医師は容体を診て脳梗塞と診断し、家族を呼ぶように指示をしたということだった。

看護師が一通りの説明を終えると当直の医師が姿を見せ、淳と智恵子を奥の個室へと通した。看護師から経緯を聞いたことを確認すると、恐らく血栓が脳の血管中で詰まったのだろうと説明した。既に舌が落ちているので、放っておくと舌が喉を塞いで窒息の恐れがあり、舌を器具で押さえて酸素吸入器で呼吸を補完しているらしい。

医師は書類をパラパラと見て、「ここに入院する際、〝延命措置は不要〟ということにしていますが、延命措置はどうしますか？」と尋ねた。延命措置といっても対処療法しかなく、脳梗塞に対する手術などはむしろ八十八の年齢や体力を考えると無理だろうと説明し、保証人の意思を再確認したいと淳に尋ねたのだ。

「えっ？　僕が保証人なの？」

怪訝な顔をする淳に対して医師は〝意思確認書〟を見せた。保証人の欄には貞子の字で中原淳と明記してあった。

淳は智恵子の顔を見ると、

「ああ、叔父ちゃんが入院する際に、叔母ちゃんと一緒に来たんだけど、ちゃんとお勤めしているのはパパしかいなかったから、パパを保証人にしておいたの」

と智恵子は説明した。そして、

「〝延命措置は不要〟って言ったのは叔母ちゃんだから、それで良いよ。今みたいに苦しそうにしている時間を長引かせる方がかわいそうだよ」

と言って、淳の顔を見た。

淳は医師に対して延命措置は不要であることの意思を表示し、差し出された書類に署名をした。

手続きが済むと、医師に、「現状は落ち着いて安定してきているし、今すぐにどうなることもなさそうなので、今日のところはいったん帰ってください」と言われ帰宅した。

いったん帰宅はしたものの、次にいつ呼び出しがあるか分からないので、淳と智恵子はいつでも出られるつもりで、落ち着かないまま眠りについた。結局その夜は呼び出しはなく、淳は会社に行ったものの気が気でなく、仕事が手につかなかった。

何の沙汰もなく数日が過ぎ、どうなっているのかと智恵子が病院に電話をすると、八十八はその後すっかり回復して、元気に歌って、喋って、食べて、冗談を言っているとのことだった。ひと安心したが、脳梗塞というのはそんなに簡単に、しかも勝手に治ってしまうものだろうかとも思った。結果良しということで、生活は落ち着きを取り戻した。

それから十ヵ月がたち、「そろそろ一年たつから、叔父さん、また何かあるかも知れないね」と淳は智恵子に話していた。

その矢先、淳の携帯に智恵子からのメールが届いた。

〝叔父ちゃん倒れた。今度はヤバイらしい。叔母ちゃんを連れて病院に行きます。美恵も帰っているので一緒に連れて行く。パパも仕事が終わったら来て〟

淳は上司に事情を説明して定時に仕事を終えると、地下鉄を乗り継いで病院へと向かった。途中、智恵子は車を運転しているので、淳は美恵とメールをやりとりする。貞子を迎えに回り道をしているので、途中駅で合流することにした。駅前通りに出ると、冬至前の空は既に漆黒で、風が頬を刺すようだった。智恵子の運転する車は、後部座席に貞子と美恵を乗せ、待ち合わせどおりの時間に駅前通りに到着した。淳が助手席に滑り込むとサナトリウム病院に向かった。

暗闇に浮かび上がるサナトリウム病院は十ヵ月前と同じように静かだった。一つ目のドアの閉まる音を背中に聞き、二つ目のドアを過ぎると看護師が既に待機していた。

四人を促すように八十八のベッドに向かう。九時前であるが、どの部屋の患者も静かに眠っている。前と違うのは、八十八はいつもの自分のベッドに寝かされていることだった。そして八十八も昏々と眠っている。時々苦しそうに息をするが、今回は酸素吸入器をつけてはいなかった。

八十八のベッドを囲むように佇む四人を確認して、医師が淳と智恵子に部屋へ来るよう促した。医師は八十八の症状について説明した。脳梗塞は前回と同じだが、前の発症から十ヵ月たって相当に体力が落ちていること、ほかにも数値的に見ていろいろと弱ってきているので今夜が峠だろうと説明した。そして延命措置も施しようがないということを説明し、淳に対して承諾するか確認すると署名を求めた。

病室に戻ると、貞子と美恵は八十八のベッドの脇に佇んだままだった。

「ちょっと向こうで休もうか」

智恵子が二人に声を掛け、休憩室のような、フリースペースに移動した。

「叔母ちゃんとお話があるから、美恵はちょっと席を外してくれる？」

智恵子が言うと、向こうで試験勉強してくると言って、美恵は離れた廊下に椅子を持っていった。ちょうど期末試験の最中だった。

智恵子は貞子に八十八の症状を説明した。貞子もただならぬ状態であることを察した。

「キャッ!!」

廊下で声がした。

淳と智恵子が声のする方を見ると、誰もが寝静まったサナトリウム病院の薄暗い廊下の真ん中に置いた椅子に、およそ相応しくないセーラー服の美恵がうなだれて参考書を読んでいる。

ホラー映画にありがちな、誰もいないはずの暗い病院の廊下にうつむくセーラー服の少女、突然のシチュエーションにさすがの看護師も驚いたのだろう。ナースステーションから出てきた看護師が声を上げたようだった。その声に、自分自身が驚いたように、看護師は口に手を当て、テレを隠すように笑顔で申し訳なさ気に頭を下げた。

「ということで叔母ちゃん、叔父ちゃんは今夜が峠らしいから、今日は一晩付き合ってあげてちょうだいね」

智恵子が言うと貞子はうなずいた。

「そうね、それが良いわね」

改めて四人で八十八のベッドに向かうと、依然として時々喘ぐような弱々しい呼吸をして、静かに眠っている。周りでは、まるで保育園の昼寝の時間のように高齢患者がベッドに並んで静かに眠っている。淳は自分も三十年後にはこうなるのかと思い、なんとも言えない不思議な感じを受けた。貞子を残し、淳と智恵子、美恵が病院を後にしたのは十時過ぎだった。

翌朝六時過ぎに電話が鳴り、智恵子が受話器を取った。

「そう、そう、そうなの、叔母ちゃんも落ち込まないでね、後で私も行くからね」

受話器を置いた智恵子は、隣で聞き耳をたてている淳に伝えた。

「叔父ちゃんが今朝の五時過ぎに亡くなりました。叔母ちゃんが最後を見届けたみたい。苦しむ様子もなく、静かに息を引き取ったみたいだから。今日は私が病院に行ってていろいろ手続きをしてくるから、パパは会社に行って。美恵も学校に行かせるから」

ここまで淳が一気に話すと、

「そんなに急だったのですか？　叔父さまのお見舞いに伺ったのは、亡くなる一カ月くらい前でしょうか。その時の叔父さまは本当にお元気で、一番前で大きな声で楽しそうに鳩ぽっぽを歌っていらっしゃったから、本当に驚きです」

谷口が応えた。

すると智恵子が八十八について話し始めた。

「叔父ちゃんも、認知症になってボケちゃってから本当の自分が出たのかと思います。意識のしっかりしているころは、寡黙で怒りっぽくて、本当に難しい人でしたものね。私も大学生のころからお世話になっていましたからよく知っているのですが、まだサラリーマンのころはお喋りもしていましたが、定年になってから、特に本格的に能面を作り始めてからでしょうか、作務衣を着て職人みたいになってきちゃって、いったん能面打ちを始めるともう何時間でも作業場にこもりっきりで、ふらっと出てきても口を利かないようになってきたのです。

そんな愛想なしだから、叔母ちゃんとの仲もうまくいかなくなってきて、顔を合わせるたびに口げんかをしているみたいになってきました。私も母に言いつけられて、時々叔母ちゃんの家を訪ねていたのですが、叔母ちゃんは叔父ちゃんの悪口しか言わないし、叔父ちゃんは能面打ちに没頭していて全く叔母ちゃんのことなんかお構いなしだから、私の方が気を遣いましたよ。リビングで叔母ちゃんの話を聞き、作業場で叔父ちゃんの能面の話を聞き、私だって美恵のことだってあるし、叔父ちゃん叔母ちゃんの世話をしている場合じゃないんだよな、なんていつも思っていました。

でも、入院して叔父ちゃんがあんなふうになっちゃって、心の底から楽しそうに歌っているのを見ていると、本当の叔父ちゃんは、こっちの姿だったのかな？　なんて思ったりしました。いつも寡黙で眉間に深く皺を寄せて人を寄せ付けなかった人が、こんなにも変わるのかって思いましたよ。顔つきも柔和になって」

谷口は紹興酒を手にしてうなずいている。智恵子はさらに続けた。

「そうそう、叔母ちゃんとお見舞いに行った時なんか、『おっ、愛子が来た』なんて軽口を叩くんですから。愛子って誰よ？って思いましたけど、『二人とも愛子だ。愛子が来た、来た』って楽しそうに指をさして大騒ぎしていました。叔母ちゃんと愛子って誰だろうね？って顔を見合わせたものです。

別の日にはどなたかに車椅子を押してもらっていて、『あら、叔父ちゃん車椅子押してもらって良いわね』って言ったら、『この人はもう死んでいるんだよ』って。訳分からないでしょ。その車椅子を押しているおじさん『はい、私はもう死んでいるんです』ってマジ顔で言うものだから、この人たちは自由だなって思っていましたが、聞いている方が訳が分からなくて混乱しちゃいますよね。

そんな叔父ちゃんの顔を撫ぜて、『この人も昔は布施明みたいだったのにねぇ、鼻なんか高くてカッコ良いでしょう？　ねえ、智恵子ちゃん』なんて叔母ちゃんまで言い出すものですから、もう一体何なのって、平常心でいることが大変なくらいでしたよ。

まあ、そんなある意味平和な雰囲気の中で、あの寡黙で眉間に皺を寄せていた叔父ちゃんもすっかりお喋りな人気者になって、ノンストレスな毎日を送っていればこの先十年、二十年と長生きしても不思議ではないなって思い始めていたんです。

叔父ちゃんはあと二十年サナトリウム病院、叔母ちゃんは糖尿病と肝臓がんでいずれ入院となるかも知れないと思うと、やっぱり私としてはいろいろと心配になってくるでしょう。

民生委員の松島さんから成年後見人のことを聞かされたのはそのころでした。成年後見人なんて何だか難しそうで、私にはとても務まらないと思って谷口先生に相談したのです」

智恵子は谷口の方を向いて頭を下げた。

「民生委員の松島さんは地域の高齢者宅を訪問してお世話をしてくださっていますが、叔父ちゃんの病院までわざわざお見舞いに行ってくださったり、叔母ちゃんの家にも定期的に訪問して二人の様子をいつも見守ってくださっていました。

松島さんも鳩ぽっぽを大声で歌っている姿を見て、叔父ちゃんがもう家には戻ってはこられないであろうこと、そして入院はまだまだ続くのだろうと思ったようです。加えて叔母ちゃんの方も、肝臓がんと糖尿病ですから、今は家で自立して自炊もして生活していますが、いずれ入院するかも知れないという思いがあったようです。

叔父ちゃんの入院費は健康保険と年金で足りないところは蓄えから賄っていましたが、叔母ちゃんまで入院することになると定期的に貯蓄を取り崩していかなければならなくなります。いつまでも長生きしてほしいという思いはありますが、蓄えだって無尽蔵ではありません。いよいよとなった時に、財産といったらもう家しかありません。それで『叔母ちゃんも入院して、もう戻れないような状況になったら、家も売って入院費に充てるしかないね』なんて言っていたのです。

ですからパパと一緒の時に、叔母ちゃんに土地建物の権利書を見せてもらったのですが、叔父ちゃんの個人名義になっていました。その時のパパの顔といったら、口をあんぐり開けて、おかしかった。パパは相続のプロでセミナーの講師をしていますから、そういうことに詳しいのですが、『これはどうにもならないな』と溢した言葉は今でも覚えています。私が『どうにもならないって、どういうことなの?』って確認すると、この土地建物を売るために叔父ちゃん本人が契約者として署名捺印しなければならないということでした。

叔父ちゃんは既に〝鳩ぽっぽ〟だったり、〝お前は愛子だ〟ですから、とても契約者になんてなれません。そもそも病院から出ることだってできないでしょう。売却する方法があるとすれば、成年後見人を立てて、後見人が代わりに契約をすることだって説明されて、松島さんが成年後見人のパンフレットを置いていってくれたことを思い出しました。松島さんは既にそんなことまで見越してパンフレットを準備してくれていたのです。

パパに成年後見人のことを教えてもらいましたけど、私にはムリ。当時は美恵の受験もあったし、一時間運転して叔母ちゃんの様子を見に行って、時々叔父ちゃんのお見舞いをして目が回るくらいなのに、その上成年後見人になって毎月裁判所になんか行っていられません。絶対にムリ。

パパの学生時代の友人に税理士さんがいまして、私も知っている人でしたから一緒に相談に行ってきました。叔父ちゃん、叔母ちゃんの様子と今回のいきさつを説明したのですが、その税理士さん自身は成年後見人については詳しくないようなので、その場で詳しい税理士仲間に電話をしてくれました。ただ、その仲間の税理士さんは、後見人なんて絶対受けるべきではないって言っていました。手間暇がかかる割には報酬が少ないので、税理士の業務としては割が合わないということでした。パパの友人もすっかりやる気を失してしまい、結局相談にはなりませんでした。

後日、叔母ちゃんの所でお茶を飲んでいると、ちょうど松島さんが訪ねてこられ、いきさつを話しますと、介護とか後見人に詳しい行政書士さんを知っているからと言って紹介してくださったのが谷口先生でした」

谷口が恐縮して頭を下げた。智恵子もそれに応えるように頭を下げ、話を続けた。

「それで谷口先生にご連絡させていただきました。先生は親身に相談に乗ってくださり、早速叔父ちゃんの病院まで様子を見に行ってくださいましたね。叔母ちゃんの家でパパも交えて何回か話し合いをして、成年後見人を引き受けてくださることになって……本当にありがとうございます」

智恵子は再びお辞儀をした。

「それからしばらくして、先生から裁判所に提出する書類を確認してほしいと送られてきました。申請書は簡単な書類でしたが、それにつける照会書というのが大変なのですね。先生には叔父ちゃんの親族関係図とかを作っていただいて、法定相続人を確定することができました。そして、本人の健康状態については精神障害、身体障害、要介護認定を細かく書いていき、ほかにも本人の経歴、配偶者、親・子・兄弟姉妹の氏名・連絡先、不動産・現金・預金・投資信託・株式など・生命保険・損害保険の積極財産、借入金その他の消極財産、本人の収入・支出まで書かされて、かつそれを証明できる書類を添付しないといけないんですよね。

加えて成年後見人となる候補者である先生の照会書でも、生活状況として職業、家族、健康状態、そして経歴、収入・不動産・預貯金など・負債、世帯の経済状況として生計負担者、世帯の収入・財産状況、その他諸々、記載していただかなくてはならなくて。成年後見人による不正事件とかがあるからだって聞きましたけど、成年後見人になるためにはここまで赤裸々に書かないといけないのかと驚きました。かえって、こんな普段は決して他人には見せない個人的な情報まで書かせてしまって申し訳ないとも思いました。

それから照会書を確認して、いよいよ来週には裁判所に提出しますとなった時です。そう、叔父ちゃんが意識を失い二度目の呼び出しがあったのです。叔母ちゃんを連れて病院に着いた時にはもう今夜が峠だということで、あっという間に逝ってしまいました。

谷口先生にはこれから叔父ちゃんの後見人として末永くお世話になるのであろうと思っていましたので、ご連絡させていただいた時にはなんとも申し訳ない思いでした。諸費用についての明細もいただいていましたので、せめて手付金くらいは取ってくださいと申し出ましたが、先生は申請書の提出前だから受け取れない、せめて半分でもと申し出ると、とにかく実費以外は受け取れないとの一点張りで。なんて欲のない方だろうと思いましたが、先生の誠実さを感じました」

智恵子が話すと、谷口は照れたように頭を掻いた。

「本当に申し訳ございませんでした。まあ、まあ、どうぞ、どうぞ」

と淳が谷口に紹興酒を勧める。

「確かに、あの時は正直驚きました。照会書と添付資料を何度もチェックして、これで不備、不足もなく大丈夫と封筒に入れた、まさにその時に電話がかかってきましたからね。申請に関わる何かの確認かと思って電話を取ったら、まさかの訃報でしたからね。最初は奥さまが何の話をしているのかよく理解できませんでしたよ」

谷口は笑いながら話す。

「今回は結果として成年後見人を立てるまでには至りませんでしたが、叔母さまのご容体のこともありますし、中原さんには今回の叔父さまの一件で、後見人の重要性についてご理解いただけたかと思います。こんな席でお話しすることではないのかも知れませんが、次のことも考えておく必要はあるかと思います」

谷口は真面目な顔で話した。

「あの、先生、次のことってどういうことでしょうか？」

智恵子が尋ねる。

「叔父さまの件で後見人を立てようとした背景は、叔父さまが認知症になってしまい、将来的に入院費などを賄うためにご自宅を売却しないといけない可能性があったということです。本来なら、ご自宅の売却に関わる契約の主体は所有者である叔父さまとなりますが、既に認知症で契約者になることができず、ましてや病院から出ることすらできませんでした」

谷口は一気に話して紹興酒を口にすると、智恵子はうなずきながら注ぎ足した。

それから谷口は、智恵子に再確認をするように話し始めた。

「今回は、後見人を立てる前に叔父さまがお亡くなりになりましたから、相続という手続きで土地建物の名義変更も無事に済ませることができましたが、失礼ながら、今後もし叔母さまが長期の入院を余儀なくされたり、あるいは介護施設に入るようなことになった場合、年金と貯蓄ですべてを賄うことができれば良いのですが、やはり資金が不足してくることも考えておく必要があるかと思います。その時に叔父さまと同じような手続きが必要になってくるということです。

奥さまには、照会書などの書類をご確認いただいたと思いますが、やはり裁判所が成年後見人を任命するにはいろいろな手続きもあって大変です。このような手間をなくするために奥さまに叔母さまの任意後見人になっていただくのが良いと思うのです。

叔父さまの場合には認知症になってからの手続き開始でしたからいろいろと大変でしたが、任意後見人制度を活用すれば手続きは簡単です。任意後見人は叔母さまご自身がもしもの時に自分自身の意思で、この人を後見人に任命するということをあらかじめ決めておくことです。それを公正証書という形で記録しておくのです。そうすれば、何度も失礼ですが、叔母さまが万一入院されて意識がなくなってしまったり、認知症になって判断能力がなくなってしまったような場合、任意後見人の公正証書を裁判所に提出すれば、裁判所が任意後見監督人を選任することで、奥さまを後見人として任命してくれます。その場合には今回のような照会書を作成したりする面倒はなくなります」

谷口の申し出に智恵子は声を上げた。

「えー、私はムリ。叔父ちゃんのお見舞いはもうなくなったにしても、叔母ちゃんの面倒は見ないといけないし、美恵も高校生になったといっても、いろいろと保護者会とかの行事もありますので、とても裁判所まで行くことはできません。そもそもお金の管理なんて私にはできませんし、こういうことの専門家のパパじゃダメなのですか?」

智恵子はキッパリ断ろうと必死だった。

谷口は智恵子の反応を予想していたように静かに続けた。

「もちろん、奥さまがお忙しいことは十分に分かっていますし、ご主人さまがダメということではないのですが、血のつながった姪御さんは、やはり奥さまですから、奥さまが後見人になることが自然かと思います。

実際のお金の管理ですとか、裁判所への報告とか面倒なことは、私が奥さまに代わって実務の手続きをすることもできます。もちろん委託契約という形を取らせていただくことになりますが、奥さまさえよろしければ、奥さまの委託を受けて私が一切の手続きを代行することも可能です。もちろん私が何でも勝手に行うということではなく、お金の出入りとか詳細を奥さまに報告して承諾をいただいた上で、裁判所への報告をするようにします。

どうしても資金が足りなくてご自宅を売却しないといけないような場合も、奥さまが成年後見人になっておられれば、キチンとした手続きを踏んで、今回の名義変更を行ったように、私が代理人となって売買契約の段取りをつけさせていただきます。契約自体は奥さまに立ち会っていただく必要があるかと存じますが、最後の署名捺印をいただくだけです」

智恵子はちょっとズルい目をして、腕組みをして薄笑いを浮かべている。

「まあ、谷口先生が全部やってくださって、私は名前だけってことなら別に良いのですけど……。任意後見人の場合も叔母ちゃんが公正証書を書くってことなんですか？」

「そうですね、書くといっても実際に書くのは公証役場の公証人ですが……」

谷口が答える。

「公正証書ってそんなに効力があるのですか？」

「そうですね。今回の土地建物の権利書も、叔父さまが公正証書遺言を作成してくださったおかげで簡単にできましたが、これがなければ恐らく大変なことになっていて、今こうやっておいしい中華と紹興酒をいただいている場合ではなかったと思います」

「そうだよ」

淳が紹興酒を片手に口を挟んできた。

「谷口先生が作ってくださった叔父さんの家系図を見ていたら、相続手続きなんて到底できなかったと思うな。叔母さんが静岡の加藤の実家の法定相続人を全員招集して遺産分割協議をすることなんてあり得ないよ。そもそも、叔父さんに兄弟が四人もいたなんて知っていた？

長男さんは葬儀の際に連絡を取ったから分かるにしても、ほかに三人も兄弟がいて、しかも一人は物故者でその子どもが二人ってことは、僕らが全く会ったこともない五人から、印鑑証明書を集めて、分割協議書に署名捺印を貰わないといけなかったってことだよ。

長男さんだって、八十を超えた高齢で、実の弟の葬儀にすら来られないくらいだし、しかも娘はあの〝地獄に落ちる〟なんて手紙を送ってくるような人だから、こちらの実情なんかお構いなしに、叔母さんのことをどんな悪いふうに伝えているか分かったもんじゃないよ。それこそ叔父さんを虐待していて、けしからんなんて伝わっているかも知れないよ。叔父さんが公正証書遺言を書いていてくれなかったら、叔母さんもあの家に住み続けることすらできなくなっていたかも知れないと思うとぞっとするよね。

もし遺言がなくて、遺産分割をするとなれば、叔父さんは子どもがいなかったし、ご両親も既にお亡くなりになっている。なので、法定相続人は叔母さんとご存命の兄弟三人と物故者の子どもである甥姪二人の合計六人になるんだ。叔父さんの財産を法定相続割合で分割するならば叔母さんが四分の三、残りの四分の一をほかの兄弟甥姪で分けるから、兄弟は十六分の一、甥姪は三十二分の一ということだね。

分かりやすいように、叔父さんの相続財産の額が全部で4000万円だったとすると、叔母さんが3000万円、残りの1000万円を五人で分けて兄弟三人が250万円ずつ、甥姪二人が125万円ずつの合計4000万円ってことになる。

だけど兄弟には遺留分はないので、叔母さんが遺産分割はいたしませんと宣言すればそれでお終いさ。理屈ではそうなんだけど、叔父さんの名義の土地建物や預貯金を叔母さん名義に直そうとすれば、遺産分割協議書が必要となり、叔父さんの法定相続人全員の印鑑証明書と押印を集めなければならないんだ。

財産は分けません、黙って印鑑証明書をくださいい、遺産分割協議書にも署名捺印をしてくださいってお願いしても、『はい、どうぞ』とはいかないでしょう。血のつながった兄弟なんだから、叔父さんの財産を少しでも分けてほしいなっていう人が出てくるものなんだ。遺産分割を強要することはできないけど、『人に印鑑証明書を取りに行かせておいて、タダで署名捺印が欲しいなんて図々しいんじゃないの！』っていうようなことを言い出す人が必ず出てくるんだよ。

財産をよこせと言って闘うのではなくて、ただ印鑑を押さない。そんな状況が続いて困るのは叔母さんだけだからね、いくら時間がかかったって、相手にとってはもともと何もない話だから痛くも痒くもないわけさ。なんとかお願いしても、『どうしても印鑑を押してほしければ、法定相続分くらいのお金を積んでもいいのじゃあないの?』なんて言われれば、相応分の財産を分けないわけにはならなくなるさ。だけど財産の四分の一の1000万円を分けようにも、そんなお金は持ち合わせていないから、現金を作るために結局家を売却して、現金で財産分けをするしかないってことになってしまう。相続手続きができないと、いずれにしても困るのは叔母さんってことなんだよ。

だからあの時に叔父さんが公正証書を書いてくれて本当に良かったし、助かったということだね」

淳は酔いに任せて一気に喋ると、手にしたグラスを呷り、空にして続けた。

「前に中古住宅の内覧に行ったあの家だって、兄弟二人が相続争いで何年も裁判をしていたから、判決なのか和解なのか知らないけど、せっかく親が遺してくれた一等地にある思い出のある家を、分割するために、信じられないような値段で投げ売りしてしまったじゃないか。

それにだよ、失礼な話だけど、叔父さんの相続手続きが完了しないまま、叔母さんにまで万一のことがあってごらんよ。叔母さんの兄弟姉妹は九人だから、あの土地建物を相続する権利を持った人は、叔父さん方で五人、叔母さん方で八人として合計十三人になるわけさ。この十三人が話し合いをして、うまく話がまとまるとは思えないよね。

最近ニュースとかでもやっている空き家問題なんかも相続問題が原因の一つさ。日本には今八百万戸以上の空き家があるって知っていた？　賃貸の空き室や別荘もあるらしいけど、そのうち相続問題とかで放置されている空き家が三百万戸もあるんだ。古い家は耐震基準もあるから、そのまま住むこともできない。そんな問題のある空き家が二百万戸くらいあって、倒壊の危険性やゴミ屋敷などの問題につながっているんだ。

もちろん、家を離れた子どもたちが田舎の実家や田畑・山林などを相続放棄してしまうっていう問題もあるけど、都心部での空き家問題は、相続手続きができずに、時間がたつにつれて兄弟姉妹は順々に亡くなっていき、代襲相続とかで法定相続人がどんどん拡散していくという悪循環になって、いよいよ解決ができなくなってしまうんだ。空き家だけじゃなくて、所有者不明不動産っていう問題も根っこは相続手続きができないってところにあるんじゃないのかな」


「パチパチパチっ！　はいっ！　中原先生、大変よく分かりました！」

智恵子が手を上げて熱弁をふるう淳を茶化す。

「パパ、すごーい、さすが人気セミナー講師だ！　でも、そうだったんだね。それで公正証書遺言を書いておくことが必要だったんだ。でも、叔父ちゃんに遺言書いてもらう時も大変だったよね」

智恵子が思い出すように言い、困った顔になった。

「確かに大変というか、ビックリしたよね」

淳が繰り返す。

「僕も銀行で相続のセミナー講師とかやっていますから、理屈は分かっているつもりでしたが、今回の叔父さんの相続に関わらせていただき、実務については全く分かっていなかったということに気付かされました。まあ、仕事ですから、保険を使うと相続に有利なことがある、ということを説明するわけですけど、遺言のことについては書かないよりは書いた方が良い程度のことしか話していませんでしたからね。遺言書については、自筆遺言と公正証書遺言の違いとか、書くにあたって注意しなければならないことを簡単に説明する程度でした。

そもそも、公証役場の公証人が出張して叔父さんの家まで出向いてくれるとは思ってもいませんでした。しかも白髪で身だしなみもきれいで上品な二人の保証人を連れてきてくださるって、そんなことまでやってくれるのかと、ちょっと感動すらしましたね。僕らは本とかで知った知識で、公正証書は有効だけど、出向いていく手間と、費用が掛かり、二人の保証人を誰かにお願いすることが大変ですみたいなことを、さも何でも知っているような顔をして喋っているわけですから、今になって思うと赤面ものですよ。

公証役場の公証人が来られるということで、僕らも事前に叔母さんの家に行ってお待ちしていたのです。これも民生委員の松島さんがすべて手配をしてくださったことですが、こういった実務に関して僕らは本当に無知で、頭でっかちの知ったかぶりだったんだと思い知らされました。

公正証書遺言の内容は、公証人の溝口《みぞぐち》さんとママの間で何度も確認をしており、僕も途中で確認させていただきました。夫婦間で相互に包括的な相続をするという内容ですが、この遺言書についても、こうやって書けば良いということをもっと広く一般に周知しておけば良いのにと思いました。遺言書の書き方についての書籍はたくさん出版されていますが、想いを伝えれば良いとか、テクニック的なことは丁寧に書かれていますが、子どものいない夫婦だったら相互に包括して相続するだけで十分だと思いました。二次相続は、もう好きなようにすれば良いわけですからね。

叔父さんは、もともと出歩く人ではなかったのですが、この日はお客さまが来られるから、外出しないように伝えてもらっていたのですが、何せ気まぐれですから……、気候の良い季節で天気も良かったので、家に着いて叔父さんがいることを確認した時は、ほっとしました。よそ行きの赤いシャツを着てお洒落もしていましたから、今日の来客について理解していることと思い安心しました。ママと叔母さんがお茶とお菓子の用意をしていると、間もなく公証人の溝口さんが車で、二人の保証人を連れてこられました。

溝口さんと二人の保証人を二階の居間に通すと、お茶を出して一通りのあいさつが終わり、工房にいた叔父さんを呼びました。公証人の溝口さんから、公正証書遺言というものについて簡単な説明があり、二人の保証人を紹介してくださいました。そして、叔父さん叔母さんに作成してもらおうとしている、公正証書遺言の内容を説明し始めた時です。叔父さんがすっくと立ち上がり声高に宣言したんです。

『私は、遺言書なんか書きません、本日はお越しくださりありがとうございました。そういうことですから、どうぞお帰りください』

みんな、ポッカーンって感じでした。

ママは問い詰めるように叔母さんの顔を見つめていました。

『私は、八十八さんにちゃんと話したのにね……、あらぁ、どうしちゃったのかしら』直立不動の叔父さんは、『私は、これで』と言葉を残して、一階の作業場へと戻ろうとすると、叔母さんが呼び止めるように追いかけました。その時、叔父さんは声を荒らげて、叔母さんの尻を叩いたのです。

尻を叩く程度ですから、かわいいものですが、あんなふうに声を荒らげて振る舞う叔父さんを見るのは初めてでした。ママが慌てて間に入ろうとすると、叔父さんは一階の工房へと下りていきました。

事情をのみ込めないまま、残された溝口さんと二人の保証人に、とにかくお詫びをするしかありませんでした。溝口さんは『今日はちょっとご無理な様子なので、またご連絡しますので、今日のところはいったん帰ります』と仰って、保証人のお二人には一応用意していた足代をお渡しして、なんとも決まりの悪い思いで三人をお見送りしました」

ここまで話し終えると、淳と智恵子は当時のことを思い返していた。

二階の居間に残された三人は、味気のないお茶を口に運んだ。振る舞うことのできなかったお茶菓子には手も伸びない。

「叔母ちゃん、叔父ちゃんにはちゃんとお話ししてくれていたんでしょ?」

智恵子が問い詰めるように尋ねた。

「そうよ、智恵子ちゃん。ちゃんと話していたのにねえ。何であんなことになっちゃうのかしらね。あの人も最近怒りっぽくなって、昔はあんなんじゃあなかったんだけどね」

「今日、公証役場の溝口さんが来ることは話してあったのでしょ?」

「そうよ、ちゃんと遺言書を書くからって言っておいたのにね。あんなに怒っちゃって、バカみたい」

「でも叔父ちゃん、ちゃんとよそ行きの赤いシャツは着ていたじゃない」

「でしょ……。だから、智恵子ちゃん、私もちゃんと分かっているものと思っていたのよ」

「叔父ちゃん、どうしちゃったんだろうね」

「本当よ。頭ぶつけてから、バカになっちゃったんじゃないのかしら」

貞子は面白そうにカラカラと笑った。

「叔母ちゃん、笑っているけど、叔父ちゃんも無事だったから良かったものの、梯子から落ちて打ち所が悪かったら大変なことだったよ。それこそ後頭部なんか打ったら命ものだよ」

「そうねえ」

貞子は八十八に尻を叩かれたことが気に入らない様子で、台所に立った。

「ママ、叔父さんって、あんなふうだったっけ？」

淳は尋ねた。

「ううん、全然。ずっと穏やかで、声を荒らげたのなんて初めて見た」

「そうなんだ……。叔母さんのお尻、結構本気で叩いていたよ」

「そうでしょ、私もビックリした。あんなふうに叔母ちゃんに手を上げることなんて、これまでなかったもの」

「やっぱり頭を打って、どこかおかしくなっちゃったのかな？」

「どうだろう。でも最近頭が痛いって言うことがあるものね」

「精密検査もしたんでしょ?」

「したけど、異常はなし。認知症も初期の症状はあるけど、忘れっぽくなるとかは叔父ちゃんの年齢なら普通で、判断能力は全く問題ないって」

「そうなんだ」

「それでも、叔父ちゃんも叔母ちゃんも年が年だから、松島さんが用心のためにって公正証書遺言を書いておいた方が良いって勧めてくれたのよ」

「そうなんだ」

「松島さんは、いつも二人の様子を見てくださっているし、子どもがいないことも知っているから、早めに遺言書いた方が良いって。それで公証役場の溝口さんを紹介してくださったの」

「そうなんだ」

「溝口さんも良い方で、ここの家まで来てくださって、叔母ちゃんと私の話をずっと聞いてくれて、二人に合った遺言の原案まで作ってくださったんだから。パパにも確認してもらったでしょ、あれ」

「ああ、確かに、あれは感心したよ。夫婦間の包括的な相続ってやり方は知らなかったものな」

「そう、叔父ちゃんと叔母ちゃんはどちらが先にしても、子どもがいないからお互いにすべての財産を遺しますって書いてもらったの」

「それが一番良い内容だと思うけど、叔父さんは何であんなに怒っちゃったんだろう」

「さあ、どうしてかしらね。私たちだって、叔父ちゃんにとっても、叔母ちゃんにとっても良かれと思っていろいろやっているのに……」

智恵子は悔しそうに涙ぐんだ。

「松島さんだって、溝口さんだって、叔父ちゃんと叔母ちゃんの二人のためを思って、自分たちだって忙しいのに、一生懸命やってくれているのに、叔父ちゃんたら何なのよっ！　叔母ちゃんだって、膨れてあっち行っちゃうし！　せっかく皆で段取りつけて準備してきたのに台無しじゃない！」

「分かった。僕から叔父さんに話してみるよ」

淳が一階の作業場に下りると、八十八は作務衣に着替えて能面の髭に使う馬のしっぽの毛をしごいていた。

「叔父さん、ちょっと良いですか」

「ああ」

「今日は、何だか申し訳ございませんでした」

「……」

「今日の内容について、よくご存知なかったのでしょうかね」

「ふん……」

「遺言書を書いていただこうっていうことは、叔父さんや叔母さんの財産をどうにかしようってことではないのですよ……。叔父さんと叔母さんにはお子さんがいらっしゃらないので、もし叔父さん叔母さんのどちらかに万が一のことがあった時に困らないようにしておくってことなのです」

「……」

「すみません。分かりにくいですよね。僕も保険の仕事をしていまして、相続関係のことをやっていますので、相続で苦労をしている人の話をよく聞くのです。本当に困っていらっしゃる人は、相続の手続きができないという人なのです」

「……」

「例えばですね、失礼な話ですが、もし叔母さんが先に万一のことがありますと、叔母さんの相続人は叔父さんと、叔母さんの兄弟姉妹になります。相続手続きで、叔母さん名義の財産を叔父さんの名義に直そうとしますと、叔母さんの兄弟姉妹は九人いますので、叔母さんを除く八人全員から印鑑証明書と署名捺印を集めなければならないのです。恐らく専門家にお願いしないとできないようになってしまうと思います。分かりますか？」

「そんなもの、いらないよ……」

「ええ確かに。でも、叔父さんはそれで済むかも知れませんが、叔母さんはそうはいかないのですよ。もし叔父さんが先に万一のことがありますと、叔父さんの相続人は叔母さんと叔父さんの兄弟になります。ここの土地建物の名義は叔父さんになっていますので、叔母さんは叔父さん名義の財産の相続手続きをするために、叔父さんの兄弟全員から印鑑証明書と署名捺印を集めなければなりません。これも失礼な話ですが、もし叔父さんより先に長男さんがお亡くなりになっていたりしますと、今度はデンマークにいるお嬢さんからも、デンマークに印鑑証明があるのかどうか分かりませんが、遺産分割協議に同意をした証明と署名をいただかなければならなくなってしまうのです。到底相続手続きなんかできないのではないかと思います。それに相続手続きができませんと、叔母さんは、叔父さんと一緒に築いて一緒に暮らしてきた、この家に住めなくなってしまうというようなことも起こり得るのです。分かりますでしょうか?」

「……」

「叔父さんにしても、叔母さんにしても、そういった将来的に必ず起こるであろうご苦労をなくすために、今のうちに準備をしておくってことが遺言書なのです。夫婦間で公正証書遺言さえ作っておけば、兄弟姉妹から印鑑証明書や署名捺印を集める必要はなく、簡単に相続手続きができるようになるのです」

「……」

「今日はもう公証人の溝口さんにもお引き取りいただきましたので、ゆっくりと考えてみてくださいね。いいですか?」

「ああ……」

「誰かのためでなく、叔父さんと叔母さんのためのことですから、ぜひ考えてみてください。お願いします」

「……」

淳は暖簾に腕押しの八十八の態度に無力感を受けた。

重い足取りで二階に上がると、智恵子と貞子は無言でお茶菓子をつまんでいた。

「パパどうだった?」

智恵子は期待する様子もなく聞いた。

「どうもこうも、よく分からないな」

「そお……、まあしょうがないよ」

「遺言を書くことの意味は説明したんだけどな」

「叔父ちゃん本人が納得しないとできないことだからね。最近ますます頑固になってきちゃったから大丈夫かな」

淳は記憶をたどりながら、その日の状況を説明すると、紹興酒を飲みほした。

「でも、あの後、よく叔父さんが公正証書を書いてくれたよね。実際どうだったの？」

そう智恵子に問いかけると、

「パパったら、本当に無責任なんだから。最後の一番大変なことは全部私なんだから……」

智恵子は頬を膨らまし怒った顔になる。

「パパはその後のことは知らないかと思うけど、それからが本当に大変だったんだから。民生委員の松島さんと、公証役場の溝口さんを交えて作戦会議をしたんだよ。なんて、大袈裟なことではないんだけど、公証人の溝口さんが、本当に二人のためだからと言って、何度も何度も家に足を運んでくれたんだ。

叔父ちゃんの工房に出向いてくれて、叔父ちゃんの能面の話を延々と聞いてくださって……、そう溝口さんが下の工房でずっとずっと、何時間も辛抱強く能面の話を聞いてくれたからね。叔父ちゃんもうれしかったんだと思うよ。叔父ちゃんの話をちゃんと聞いたのって、私と溝口さんだけだからね。何回も何回も家に足を運んで、ずっと能面の話を聞いてくださって、叔父ちゃんもやっと心を許したんだと思うんだ。心を許すというか、溝口さんを信頼してみようという気持ちになったのだと思う。

改めて、溝口さんから公正証書遺言の話を聞いて、何で遺言を書かないといけないのか説明を聞いて、それで納得したのだと思う。今度はパパのいない平日に溝口さんが、また二人の証人を連れてきてくれたの。溝口さんが、叔父ちゃんと叔母ちゃんを前にして、公正証書遺言の内容を読み聞かせて、内容を分かりやすく説明してくれて、この内容で間違いないですかって尋ねた時に、私はもうドキドキしちゃったよ。叔父ちゃんがまた納得できないなんて言い出すかと思ってね。そうしたら叔父ちゃんが『はい、それで結構です』って、もう涙が出てきちゃったよ。

叔母ちゃんも『私もそれで結構です』って、夫婦二人がお互いに自分に万一のことがあったら、すべてを相手に遺しますって誓うのって、案外結婚式の誓いの締めくくりみたいだなって思ったの。結婚式って、これから二人で未来を築いていこうっていう内容じゃない!?〝健やかなるときも、病めるときも、喜びのときも、悲しみのときも、富めるときも、貧しきときも、これを愛し、これを敬い、これを慰め、これを助け、その命ある限り、真心を尽くすことを誓いますか?〟って問われて誓いを立てるわけだよね。命ある限り真心を尽くした上で、命の限りが来た時に自らの持てるもののすべてを相手に捧げますって、ちょっと感動ものだなって思ったの。

遺言なんて死ぬこと前提に書くものだから、何だか後ろ向きでじめじめした辛気臭い感じがしていたのだけど、溝口さんが遺言を読み上げて、叔父ちゃんと叔母ちゃんが同意する姿って、何だかすっごく神聖な儀式みたいだったな。

溝口さんが、二人の証人の前で叔父ちゃんと叔母ちゃんの二人に、遺言書の内容に同意したことを確認して、それぞれの公正証書遺言を作成してくれたのよ。パパはその時いなかったものね、残念だったね。私、とっても良いことをしたと思ったよ。どうせ、いつかは死んじゃうわけだけど、後のことをほったらかしにするのではなくて、愛する配偶者のためにキチンと準備をしておいてあげるって、素晴らしいことだと思ったんだ。結婚式を挙げて、夫婦生活を全うして、最後に〝ゆいごん式〟で二人の愛を完結させるってすてきじゃない？」

智恵子は一筋の涙を流し、紹興酒を呷った。

「そうだったんだ。溝口さんがそこまでやってくれていたんだ。今、こうやっておいしい中華料理と紹興酒をいただけるのは溝口さんのおかげだったんだな」

淳も紹興酒を呷る。

「それに、民生委員の松島さんのおかげね、皆さんに感謝しないとね」

智恵子は付け加えた。

エピローグ

智恵子は小春日和の日曜日の朝、優しい日差しの差し込むリビングで、八十八の一周忌の会食会場を探していた。

県営墓地から交通の便の良い駅界隈のお店をネットで探しあぐねている時に、一通のメールが届いた。フィレンツェの星野ちゃんからだった。

++

智恵子さん

大変ご無沙汰してしまって申し訳ございません。

叔父さまのご逝去を知り、パオロ会長共々とても驚いております。叔母さま、皆さまのご心痛のいかばかりかとお察しします。

フィレンツェ滞在が続いており、叔父さまが亡くなられていたことも存じ上げず、弔問にもお伺いせず申し訳ございませんでした。

遅ればせながら、謹んでご冥福をお祈りいたします。心よりお悔やみ申し上げます。

報告ですが、財団の美術館の改修工事がようやく完了の目途がついてきました。

パオロ会長が前回日本を訪れた際に、京都で丸窓から眺めた庭園の美しさに感動され、室内外を一体的に鑑賞できる部屋を造りたいと申しています。京都での「悟りの窓」と称される丸窓の解説にあった、何ものにもとらわれないおおらかな心と大宇宙を、ここフィレンツェでも表現したいと、日本の美術品・芸術品の展示は中庭に面した部屋を最優先で準備していただきました。

パオロ会長はとりわけ叔父さまの能面を気に入っておりまして、能面の展示だけは特別な一室を設けると張り切っています。政木先生にご指導いただきましたとおりに展示できるよう、イタリア人の内装業者にあれこれと細かく指示をしています。加えて、能面の一室には、警報装置も取り付けるというほどの思い入れです。貴重な能面をたくさんご寄贈いただきましたことに改めてお礼申し上げます。

来春にはオープニングパーティーを開催する予定です。智恵子さんもご家族、叔母さまとご一緒にフィレンツェにお越しいただければ幸いです。詳細は改めてご案内させていただきます。

＋＋＋＋＋＋＋＋＋＋＋＋＋＋＋＋＋＋＋＋＋＋＋＋＋＋＋＋＋＋＋＋＋

智恵子は、朝寝坊をしている淳を揺り起こした。

「パパ、寝ている場合じゃないよ！　星野ちゃんから、フィレンツェの招待が来ているよ！　絶対に行かなくっちゃ！」

＊　　＊　　＊　　＊　　＊

「とうとうフィレンツェに来ちゃったね」

淳が言う。

「本当に、フィレンツェ来ちゃったね」

智恵子が答える。

淳と智恵子たちの一行はホテルに荷物を置くと、歩いて財団の国際学術会議センターへと向かった。ヴェッキオ橋を渡り、ウフィツィ美術館からヴェッキオ宮殿の広場を通り過ぎてサンタ・マリア・デル・フィオーレ大聖堂に着くと、星野ちゃんが手を振って迎えてくれた。

「皆さん、ようこそフィレンツェにお出でくださいました。それではコッピーニ館にご案内します」

コッピーニ館ではパオロ会長が一行を出迎え、館内を案内してくれた。一階の正面には色打掛が飾られ、恐らく白無垢で作ったのであろうウェディングドレスが展示してあった。パオロ会長が世界から集めてきた品々に驚嘆しながら二階へと上がると、パオロ会長が満面の笑みで智恵子を手招きする。

翁、中将、小面、景清、飛出、乙、若女、曲見、般若、べし見

室内一面にずらりと並んだ八十八の能面は圧巻だった。

智恵子は入り口に佇み、息をのむ。

真っ白な時間が過ぎていく。


智恵子の瞳からはらはらと涙がこぼれ落ちる。

「叔父ちゃん、良かったね……」

後は声にならなかった。

パオロ会長は、智恵子の肩に大きな手を添え、中に入るように促した。


翌朝には、コッピーニ館において盛大なセレモニーが催された。

智恵子は、もう長時間の飛行機は無理とフィレンツェ行きを辞退した貞子の着物を着て参加した。

パオロ会長はイタリア語で賛辞を述べて、智恵子へ感謝状を賑々しく授与した。

展示室へ場所を移し、パオロ会長、智恵子そして淳が並んでテープカットを行った。

政木先生は、展示してある般若をかけて、葵上を舞った。政木先生の足拍子、笛と太鼓の音色が窓から抜けて、フィレンツェの街中へと溶けていく。

セレモニーの後には、コッピーニ館のパティオでパーティーが催され、スパークリングワインが振る舞われた。

「天国の叔父ちゃんも、きっと喜んでくれているよね」

智恵子がつぶやく。

「ああ、喜んでいるさ。叔父さんの、やり残していた宿題もこれで仕上げられたかな?」

淳が応える。

智恵子と淳はスパークリングワインのグラスを合わせた。

「八十八叔父ちゃんに乾杯!」

泡がはじけフィレンツェの紫紺の空へと舞い上がっていく。

＊　＊　＊　＊　＊

七星銀行楓台支店の応接室で、淳は奥沢と向かい合って座った。

「これどうぞ」

淳は鞄から小箱を取り出すと、奥沢に手渡した。

「あら、何かしら？　もしかしてフィレンツェのお土産ですか？　うれしいです」

奥沢は微笑みながら、包みを開いて中を確かめた。

「私、オリーブオイル大好きです。この入れ物もかわいいし、とても気に入りました。ありがとうございます。さすが中原次長さんですね、センスが良いですね」

「いやいや、私じゃなくて妻が選んだものですから」

「あら、うらやましい。私もすてきな人とフィレンツェ行ってみたいです」

「奥沢課長ならすぐに行けますよ」

「だと良いのですけど……」

奥沢はスーツの袖をあげ時間を確認する。

「もう、こんな時間ですね。今日のセミナー参加者は満席の三十名です。今回はなんと全員ご夫婦揃っての参加ですよ」

「そうですか、では十五組のご夫婦の参加ということですね」

「はい、そうです。そういえば、中原次長のセミナーの筋書きって前回から少し変わったのですね」

「そうなんですよ。叔父の相続を手伝うことがありまして……。私たち金融機関の人間は、相続というとどうしてもお金の話になってしまうのですが、まあ、これは仕事ですから仕方がないわけですけど、相続で本当に必要なことは、相続手続きがちゃんとできることなのかなって痛感したわけです。そして、このことを一人でも多くの人に伝えることが、叔父が僕に残していった宿題ではなかったのかと思うのです」

「そうだったのですね。能面を通じて、奥さまも中原次長も、叔父さまの想いを受け継がれていらっしゃるって、何だかすてきなお話ですね。確かに、私たちはお金を扱う仕事をしていますから、お金のことでお客さまのお役に立てるようにすることは当然ですが、中原次長の新しいお話って、とても良い内容だと思いました。私は中原次長のお考えに賛成です」

「ありがとうございます」

「それでは、そろそろ会場にお願いします」

淳はいつものようにあいさつを済ますと、ホワイトボードに三つの問題点を書き出した。

1. **相続税**
2. **納税資金**
3. **争族**

「皆さん、相続を考える際には大きく三つの問題点があります。まず一つは相続税が高いということ。二つ目は、その相続税を支払う納税資金、つまり現金資産が足りないということ。三つ目は、どんなに仲の良いご家族であっても、お金が絡んでくると争いが起こってくるということです。今日はこの三つの問題点について確認して、解決策をご案内したいと思っています」

淳はお決まりのセリフで話し始めた。

「今日は、お金のお話の前に一つだけ、皆さんにお話しさせていただきたいことがございます。私ごとになりますが、先日妻の叔父の相続がありました。この叔父叔母の夫婦には子どもがおりませんでしたので、妻が前々からいろいろとお手伝いをしておりました。叔母はまだ健在ですが、肝臓がんと糖尿病で数値が悪くなると何年かごとに手術が必要となります。叔父は数年前から認知症が発症し介護施設に入りましたが、医療的な手当ても必要になって、最後は病院に入院して、先日亡くなりました。

叔父には四人の兄弟がいて、一人は既に物故者で二人の子どもがいました。叔母にもたくさんの兄弟姉妹がおりまして、こちらはなんと九人の兄弟姉妹です。

今日この会場には十五組のご夫婦の皆さんにご参加いただいております。失礼ではございますが、もしお子さまのいらっしゃらないご夫婦の方がいらっしゃいましたら、お元気なうちに公正証書遺言を作成していただくことをお勧めします。

『うちは夫婦二人っきりだから誰にも迷惑かけないし、何も心配ない』と思っていらっしゃる方こそぜひ聞いていただきたいことです。

どういうことかと申しますと、叔父が亡くなりますと、相続手続きが発生します。叔父叔母には子どもがおりませんでした。両親も既に亡くなっていますので、法定相続人は叔母と叔父方の兄弟と物故者の甥姪になります」


淳はホワイトボードに関係図を書き出し、叔父の法定相続人を赤で囲った。（図一）

「叔母は相続手続きをするために、叔父の兄弟と甥姪の五人から印鑑証明書を集めて、署名捺印を取得する必要があります。順番が逆で叔母が先に亡くなっていたらどうでしょうか？　叔父は叔母の兄弟姉妹八人から印鑑証明書を集めて、署名捺印を取得する必要があります。もしも既に物故者があれば、その子どもが法定相続人になります。

実際にいかがでしょうか？　皆さまのご親戚の顔を思い浮かべてみて、いかがでしょうかね？　なかなか簡単ではないなと思われる方が多いかと思います。

図一

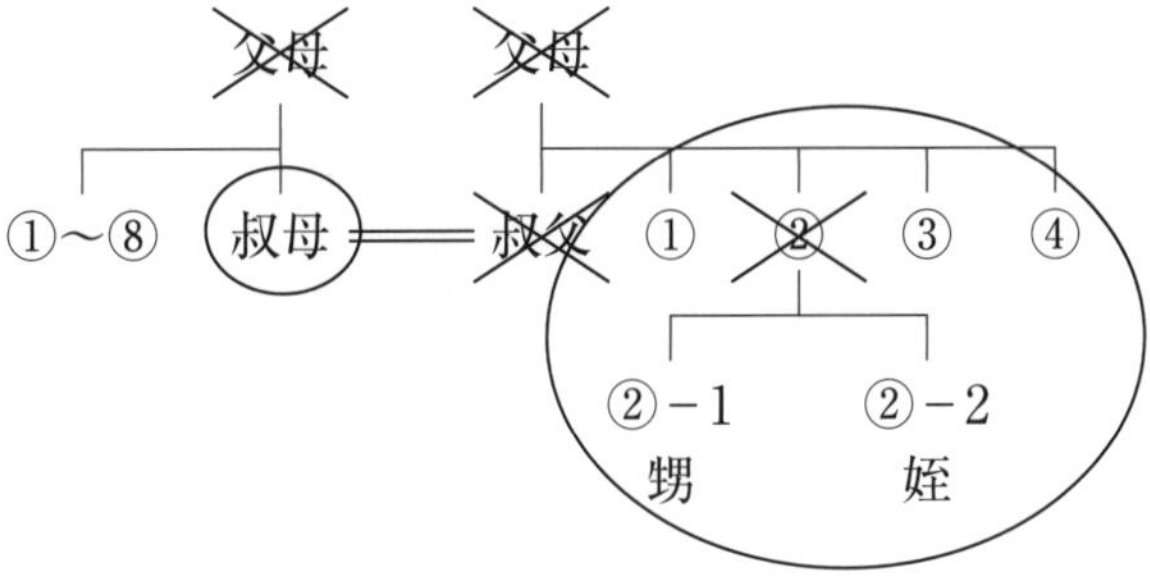

叔父の場合、地域の民生委員の方からの勧めもあって、叔母と一緒に夫婦間で相互に包括的な相続をするという公正証書遺言を作成していました。つまりどちらが先であっても、自分の財産を包括的に配偶者に相続させるということを遺言に残しておいてもらいました。

従いまして、叔母は公正証書遺言をもって、叔父方の親族との諸々の手続きなしに相続手続きを完了させることができました。

私もこういうセミナーの講師をしていますので、相続のことについては詳しいつもりでいましたが、今回の叔父の相続に関わって、相続で一番大切なことは、遺された人がちゃんと相続手続きができるようにしておくことなんだと思うようになりました。お金の問題はその次かと思います。

公正証書遺言は、作成するのが大変そうだと思っていらっしゃるかと思います。私もそうでした。現に、このようなセミナーでも公正証書遺言を作成することは、いろいろ大変ですと申し上げていました。公正証書遺言は、公証役場に出向いたり、二人の証人を探して依頼したり、大変だと説明しておりましたが、公証人の方は二人の証人を連れて、自宅まで出張してきてくださいます。わざわざ皆さんが公証役場まで出向く必要はないのです。証人も公証役場でキチンとした人物を紹介してくださいます。公証人は法律の専門家ですから、むしろ安心です。

もちろん、費用は掛かります。証人へのお礼も必要です。必要ですが、相続が起こってから、法定相続人を探し出し、遺産分割協議をして、全員から印鑑証明書を添付してもらって、署名捺印を貰うことの費用とご苦労を勘案すれば、大したことではないと思います。それに万一どなたかの同意が得られなければ、相続手続きそのものができないという可能性もあるわけです。

お子さまのいらっしゃるご夫婦は、法定相続人は配偶者とお子さまに留まりますので少し安心ですが、お子さまのいらっしゃらないご夫婦でしたら、まずは公正証書遺言をお互いに作成しておくことを一度お考えください。

二次相続の際には、どなたかお世話になった人に遺贈するとか、施設とか母校に寄付するとかいろいろと方法があるかと思います。これも公正証書遺言を作成することで、贈られた方も喜ばれるでしょうし、何より今、大きな問題となっている空き家問題や所有者不明不動産の問題についての未然防止策にもなると思います。

併せて、ここにいらっしゃる皆さまにとって、実際の相続はまだまだ先の話になるかと思います。皆さまお一人お一人がいろんな想いをお持ちになっていることと思います。すべての想いを叶えることは難しいかも知れません。ですが、今からでも遅くありませんので、少しずつでも想いを実現させてみる、あるいはどなたかに想いを伝えてみてはいかがでしょうか？　これが叔父の介護・相続を通じて、私から皆さまに一番にお伝えしたいことになります。

ちょっと、本題とは離れてしまいましたが、叔父の相続で公正証書遺言があったことで、本当に助かりましたのでお伝えさせていただきました。

それでは、本題の三つの問題についてお話しさせていただきます」

了

※この物語はフィクションです。実在する個人名・団体名とは一切関係ありません。

あとがき

株式会社日本M&Aセンターの分林保弘会長と遺言について話をする機会をいただき、欧州の遺言は日本とは異なり、遺言作成者の思いを何よりも優先して記すものなのだと教わりました。

例えば、家業を継いだ長男には業務に励み実績を出していることを褒め、「人生は自分一人のためにあるのではない、自利利他を実践し家庭が繁栄し円満であれば、兄弟姉妹の家庭も繁栄し円満になる。親戚、友人も集まってくる。一族の発展のために家業の経営は収益性・安定性・成長性・社会性の4つを目標とし、益々繁栄発展させてもらいたい。離見の見で正しい事をしてもらいたい。ついては……」。併せて次男や姉妹には「何もしなければ何も生まれない。思い残すことのない人生を送ってもらいたい。ついては……」といった遺言作成者自身の思いを第一に伝えるそうです。日本の遺言書は民法で様々なルールが規定されており、遺産をどのように分け与えるか等の法的効力が生じる「遺言事項」が定められています。遺言作成者の思いや感謝などは「付言事項」として記すことはできますが、相続人を法的に拘束することはできません。それでも遺された大切な家族が争族となることを避けるためには、自分の思いや感謝、財産分割の意図を伝える「付言事項」を記すことは大切です。

私たちの誰もがいずれ相続を迎えるということは避けられない現実です。相続発生と同時に遺された家族は、諸々の相続手続きおよび相続税・納税資金・争族の3つの問題に直面することになります。

企業や各種法人・財団等の経営者の場合は、財産に非公開株式等が含まれますので問題を大きくします。人生を掛けて会社を経営し発展させ、従業員とその家族を守ってきたわけですが、準備無く相続を迎えますと、3つの問題等から事業承継が出来ず廃業せざるを得なくなり、従業員とその家族を路頭に迷わせてしまうといった事例が少なくありません。経営者にとっては、地域経済と雇用を支えるためにも相続発生前に事業承継を済ませておくことが不可欠になります。

分林保弘会長は、30余年前に企業の後継者問題を解決するために、日本事業承継コンサルタント協会の設立に参画、その後、株式会社日本M&Aセンターを設立しました。M&A（合併・買収）が成立し最終調印の際に、お互いの気持ちを話す場をもった企業同士はその後も幸せな未来を歩んでいるという現場の声に従い、加えてこの国のM&Aのイメージをポジティブなものにしたいという願いから〝成約式〟を行っているそうです。

本書『小説ゆいごん式』も相続を前提にした遺言書作成から連想する辛気くさいイメージ、「出来ることなら避けて通りたい」というネガティブイメージを、ポジティブなものとして伝えたいという想いが執筆の一つのきっかけとなりました。

将来迎える相続の瞬間、自分は不在となっているその時を現状から想定して、思いや感謝を伝え、財産を分ける算段をすることは難しいことかも知れません。遺言書作成後に家族の生活環境も変わり、内容の変更を余儀なくされることもあるかと思います。

しかしながら、必ず発生するであろうトラブルを未然に防ぐことは、目的が明確なので取り組み易いかと思います。例えば、子どものいない夫婦は、相互に財産を包括遺贈する公正証書遺言を書いておくことで相続手続きを円滑にします。結婚の締めくくりとして〝ゆいごん式〟を執り行い、これまでのこと、これからのことを話し合う機会を持つことで、最後まで仲睦まじく幸せな未来を歩んでいけることかと思います。

経営者の相続で想定されるトラブルも明確です。世阿弥に「家、家にあらず。継ぐを以て家とす」という言葉があります。その家の芸をきちんと継承してこそ家が続くという意味で、たとえ自分の子であってもその子に才能がなければ芸の秘伝を伝えてはならないと言っています。この意味を踏まえ、企業の存続と発展のために後継者を見極めて事業承継を始める。後継者が不在であればM&Aを行うことです。財産権・経営権を手放すことで、リタイア後の人生を豊かなものにすることが出来るようになるでしょう。併せて個人の資産承継を考え、思いを伝えていくようにしたら良いかと思います。

もうひとつ、小説を書くきっかけとなった経験としては、妻の美和が二人の子育てをしながら叔父叔母の介護に振り回され、能面を国際文化交流に役立てようと奔走しフィレンチェでの展示を実現するという、叔父の想いの襷（バトン）を繋げていく宿題を引き継いだこともあります。

介護というのは体験してみて初めて分かることばかりで、地域の民生委員や公証人の皆さまに助けられて成り立っていることを実感しました。

フィレンチェとの関係をつないでくださった株式会社京鐘取締役の辻星野さん、能面を選定くださった金春流能楽師の政木哲司先生、叔父の成年後見人を引き受けてくださったシニアライフ・サポート行政書士事務所の谷口一郎先生を始め、それぞれの場面で未熟な私たちを助けてくださいました全ての皆さまに、この場を借りて感謝申し上げます。

執筆のきっかけを作り出版を後押ししてくれた家族に感謝します。カバー絵は娘のHaruka Mittaにフィレンチェの街並を描いてもらいました。タイトルはイタリア語で「叶う」「叶える」という意味の「avverare」です。

最後に本書の出版を実現させていただきました株式会社文芸社出版企画部の砂川さ

ん、編集部の西村さんに感謝申し上げます。

【参考資料】

財産評価基準書　路線価図（国税庁ホームページより）

http://www.rosenka.nta.go.jp/

【2018年7月に成立した民法（相続法）の改正の概要】

①遺産分割前の預貯金の払い戻し制度の成立

遺産分割前でも、葬儀費用などすぐに必要となる費用を被相続人の預貯金口座から一定の範囲内で払い戻しが受けられるようになりました。

②遺留分制度の見直し

遺留分の金銭債権化では、遺留分を侵害している分の価額を金銭で支払うこと（価額弁済）ができるようになりました。遺留分の算定方法の見直しでは、相続人に対する贈与について相続発生前10年間にされた生前贈与に限定して遺留分算定の基礎範囲としました。

③自筆証書遺言の方式緩和・保管制度の創設

自筆証書遺言作成にあたり、財産目録を他人の代筆やパソコンなどで印字することが認められました。また、自筆証書遺言を法務局で保管する制度が創設されました。ここで保管されている遺言書は家庭裁判所の検認が不要となります。

④相続人以外の者の貢献を考慮するための方策

被相続人の介護などの貢献をした親族（※）が、相続人に対して金銭の支払いを請求できるようになりました。

※被相続人の親族（6親等内の血族および配偶者と3親等以内の姻族）かつ相続人ではない者に限ります。

⑤配偶者居住権制度の新設

配偶者短期居住権・配偶者居住権により、配偶者は、一定の条件のもと被相続人が所有していた居住建物にそのまま住み続けることができるようになりました。

小説内で記載の制度・税制上の取扱いは当時に基づく内容となっております。本概要については、一般的な解説であり、施行日も個々に異なります。また、今後の改正などにより将来変更される可能性もありますことをご確認ください。

著者プロフィール

三田村 宗治（みたむら むねはる）

三井住友海上プライマリー生命保険株式会社　教育センター部部長
1962年（昭和37年）、東京都大田区生まれ。

早稲田大学政治経済学部卒業。

山一證券、しんきん情報システムセンター、メリルリンチ日本証券、ケルヒャージャパンを経て現職へ。

代理店営業マネージャー、お客さまコールセンター・相談室、営業支援部門を歴任。

著書に『お客さま本位のコンサルティングを実現する「聞く技術」』（2019年1月、近代セールス社）がある。

小説　ゆいごん式 ～終《しまい》の誓い～

2021年10月15日　初版第1刷発行

著　者　三田村 宗治
発行者　瓜谷 綱延
発行所　株式会社文芸社
〒160-0022 東京都新宿区新宿1－10－1
電話 03-5369-3060（代表）
03-5369-2299（販売）

印刷所　株式会社フクイン

ISBN978-4-286-22905-8